FICÇÃO CIENTÍFICA NA ESCOLA

VOLUME 2

2ª EDIÇÃO

Catalogação na Fonte
Elaborado por: Josefina A. S. Guedes
Bibliotecária CRB 9/870

F448f
2024

Ficção científica na escola ; volume 2 / Antonio Manoel P.V.N. Costa (org.).
– 2. ed. – Curitiba: Appris, 2024.
195 p. ; 23 cm.

Coletânea de contos dos alunos de ensino médio do Centro Territorial de Educação Profissional de Itaparica (Cetepi-I). Paulo Afonso, Bahia.
ISBN 978-65-250-5749-1

1. Contos brasileiros. 2. Ficção científica. 3. Escola. I. Costa, Antonio Manoel P.V.N. II. Título.

CDD – B869.3

Appris editora

Editora e Livraria Appris Ltda.
Av. Manoel Ribas, 2265 – Mercês
Curitiba/PR – CEP: 80810-002
Tel. (41) 3156 - 4731
www.editoraappris.com.br

Printed in Brazil
Impresso no Brasil

Antonio Manoel P.V.N. Costa

FICÇÃO CIENTÍFICA NA ESCOLA

VOLUME 2

Appris
editora

FICHA TÉCNICA

Agradecimentos

A realização deste livro não seria possível sem a participação dos alunos do Centro Territorial de Educação Profissional de Itaparica – Cetepi 1. Por isso, meus sinceros agradecimentos a cada um de vocês que permitiram o acesso e compartilhamento dos seus contos, poemas e maravilhosa imaginação.

Todo este trabalho é fruto de meus estudos no curso de mestrado profissional em Astronomia, da Universidade Estadual de Feira de Santana (UEFS) e das maravilhosas aulas que ampliaram meus horizontes na questão do Ensino de Astronomia e suas aplicações no ensino médio.

A todos os professores e colegas de curso, meus agradecimentos e que a vida lhes possa ser de alegrias e vitórias.

Para vocês meu abraço sempre fraterno!

Este trabalho é dedicado aos leitores do presente e do futuro, pois que seja inspiração no hoje, para fazer um amanhã melhor.

PREFÁCIO

Foi com grande felicidade e honra que aceitei prefaciar este livro, organizado pelo meu aluno e mestrando do Programa de Mestrado Profissional em Astronomia da UEFS. Porém, me deparei com um detalhe crítico: eu nunca havia escrito um prefácio antes. Fui eu procurar toda a técnica e teoria para o escrever, duas ideias ficaram gravadas na minha cabeça: texto curto e apresentação atraente do texto. Então, vamos lá, tentar fazer você – que vai ler os contos deste livro – ficar interessado sem entediar-se.

Este livro foi organizado pelo Prof. Antonio Manoel P. V. N. Costa e reúne contos dos alunos do ensino médio do Centro Territorial de Educação Profissional de Itaparica (Cetepi-I), em Paulo Afonso, Bahia. E o que pode possuir este livro de diferente dos que você já leu? Simples, são contos de ficção científica feitos por alunos do interior. Sim, do interior e da Bahia, cujos escritores mais ilustres nos brindam com romances transcorridos em ambientes litorâneos. Diferentemente, essas cabecinhas novas e acostumadas com os bits e bytes dos dados que correm pelas redes de computadores querem nos fazer voar pela imensidão do espaço, pousar em outros planetas, viajar no tempo, encolher até o tamanho de átomos.

Se isso ainda assim não foi suficiente para despertar a sua curiosidade e, contando que meu texto ainda pode ser chamado de introdução curta, deixa eu contar a você, leitor, um segredo: estes contos todos têm uma forte base científica. Não são apenas estórias surgidas da cabeça de meninos e meninas inteligentes, mas sim tem o cuidado da supervisão do cientista que é o Prof. Antonio Manoel. Não é a esmo que todo este zelo ocorre, este livro é um dos produtos da sua pesquisa de mestrado, mesmo sabendo que o mesmo zelo seria guardado, independentemente deste atrelamento acadêmico. Esta obra, com as atividades de fomento de clubes de ciência, as atividades de laboratório e a participação em competições científicas de astronomia e matemática, são um esforço hercúleo do PROFESSOR (sim, com letras maiúsculas) Manoel Pereira para mudar a perspectiva do interior baiano no que se refere aos horizontes apresentados aos alunos desta região. Por fim, só posso desejar a você, leitor, que saboreie cada texto com olhos de criança.

Prof. Dr. Iranderly Fernandes de Fernandes

Diretor do Departamento de Física UEFS

Apresentação

Galáxias destruídas, viagens no tempo, monstros extraterrestres, fim do planeta Terra, naves espaciais fantásticas, roupas antigravidade, seres cibernéticos, vida na Lua, descoberta de novos planetas, romance numa estação espacial, uma grande descoberta feita por uma cientista brasileira e a beleza da astronomia em poesia. São estes alguns dos contos e poesias produzidos pelos estudantes do ensino médio do Centro Territorial de Educação Profissional de Itaparica – Cetepi, na cidade de Paulo Afonso – BA, dentro do projeto *FICÇÃO CIENTÍFICA NA ESCOLA – FIC NA ESCOLA*, que abre as portas da imaginação e do aprendizado científico.

Como forma de extravasar suas ideias sobre o conhecimento científico, propus como exercício para meus alunos, que escrevessem contos, estórias e poesias sobre tudo que eles viram no decorrer do ano escolar, nas aulas de Física (com inserções dos conteúdos de Astronomia, Astrofísica, Astrobiologia e Cosmologia), Química, Matemática e Biologia.

Assim, livres das amarras da sala de aula, das listas de exercícios, das obrigações e dos limites da escola, eles puderam dar vazão à criatividade, juntando velocidade da luz, corrida espacial, equações matemáticas, genética, termodinâmica, cibernética, programação computacional, reações químicas, leis de Newton, distâncias astronômicas e mais uma gama de informações em forma de poemas, contos e estórias, tornando o ensino das Ciências Exatas mais aprazível, além de incentivá-los à pesquisa, à leitura e à procura de fontes de informações que sejam confiáveis.

Convido a você, leitor, a subir nesta nave da fantasia e navegar pelo universo da ficção científica, pelos pensamentos e ideias daqueles que amanhã poderão ser escritores, professores, cientistas, engenheiros e até mesmo astronautas.

O céu não é o limite!

Antônio Manoel Pereira Vila Nova Costa

Professor de Física, especialista em ensino de Física moderno no ensino médio e mestre em Astronomia

Sumário

Sistema Narates

Em um ponto qualquer do universo, três cientistas conversam sobre uma recente descoberta: um novo sistema planetário, em torno de uma estrela branca, localizado a quase 40 anos-luz de distância de onde estão.

"Bom dia a todos", diz a cientista chefe do projeto, Earv Nirtma, "já temos dados e informações suficientes para fazermos a divulgação de nossas descobertas".

"Bom dia", responde o responsável por identificar a posição de cada planeta do novo sistema, Olupa Oppep, "sim, temos um vasto material para fazer a divulgação desse sistema. Mesmo com esta distância, os avanços de nossa tecnologia de observação de planetas extra Habrams, nos últimos 100 anos, nos permite obter detalhes interessantíssimos...".

"Inclusive sobre suas superfícies e atmosferas. Bom dia!", complementou Ladynrier Desrefnan, consultor e doutor em astrobiologia. "Ademais, há pelo menos dois, entre os 08 planetas, que são candidatos a abrigar vida, como as da nossa espécie".

"Sim, mas infelizmente ainda levaremos muitos anos para chegar até aquele sistema, devido às velocidades de nossas naves. Com a tecnologia que temos hoje, mesmo viajando a um quarto da velocidade da luz, levaria algo em torno de 160 anos para chegarmos lá", fala Earv e continua, "mas, com o desenvolvimento de novas técnicas de congelamento corporal, aliada a um planejamento de viagens de longo tempo, logo isso será resolvido".

"Concordo que um dia será necessário sair de nosso sistema e colonizar outros planetas e luas, quem sabe até grandes asteroides. Vivemos em um sistema com uma estrela pequena e avermelhada, de temperatura baixa em se comparando com a estrela branca em questão. A nossa estrela Ahbram enlaça 07 planetas, dos quais estamos presentes em 03, sendo que florescemos e evoluímos por milhões de anos em nossa casa, Sonma, quarto planeta, para poder colonizar os outros dois", completa Olupa.

"Interessante que, no sistema da estrela branca, também tem um quarto planeta em condições atmosférica similares ao nosso, avermelhado e de temperaturas que vão entre -80ºmari e -10ºmari. O problema é que teríamos que usar protetores nos olhos, devido ao brilho da estrela, já que é 5 vezes maior do que a nossa e seu tamanho é quase o dobro ou mais da nossa Ahbram. Pelos nossos cálculos esse sistema deve ter por volta de 3, 0 a 3, 5 bilhões de anos. Sua estrela ainda é muito nova, se comparando com a nossa, que já tem 10 bilhões de anos e, para nossa sorte, ainda tem muito combustível para queimar por mais bilhões de anos. A estrela branca, devido às suas características, deve ter, no máximo, mais uns 5 bilhões ou 8 bilhões de anos pela frente".

"Certo, Ladynrier, que outras informações você tem sobre os outros demais planetas?", questionou Earv Nirtma.

"Pelos nossos estudos, os oitos planetas desse sistema, que resolvi batizar de Narates, possui os 4 primeiros planetas rochosos e os outros 4 gasosos, parecidos com os dois últimos planetas de nosso sistema. Além do 4º planeta, o 3º planeta é quase todo coberto por gelo e nossos aparelhos detectaram grande quantidade de oxigênio e nitrogênio, o que nos dá uma possibilidade remota de colonizá-lo em um futuro distante. Aproveito para destacar o 5º planeta, que é o maior de todos. Por suas características, arrisco a dizer que por pouco ele não se tornou uma estrela de cor marrom, com um brilho bem mais fraco do que o da nossa".

"Excelente, excelente mesmo! Este tipo de pesquisa, essas informações e o desenvolvimento da tecnologia, aliada às nossas investigações astronômicas, vão permitir que possamos chegar ao sistema Narates o mais breve possível. Vou organizar a publicação dos resultados obtidos ainda hoje. Senhores, muito obrigado e tenham um dia maravilhoso". Assim, Earv Nirtma, chefe do grupo, encerra mais uma reunião de trabalho.

AUTOR

Antonio Manoel Pereira V. N. Costa

Algo que deve ser visto

As portas estão sempre trancadas, placas de metal tapam as janelas na qual costumava ver estrelas, nem o telefone funciona mais, há algo do lado de fora.

Algo que deve ser visto, as estrelas são incontáveis, mas perderíamos tempo tentando contá-las, tentando encontrar alguma fórmula para chegar a uma exata quantia.

A luz da vela brilhava, ofuscando meus óculos rústicos, de fundos de garrafa, era algo deslumbrante, ali naquele exato.

Momento veio a certeza que tudo que é físico é real e, nessa cabine, sem rede, apenas com essa frequência repetitiva, eu tento ser um astronauta, para realizar minha busca por outras vidas além da terra, esse sonho é contínuo e repentino, estudar a física aguça meus desejos físicos, o conhecimento passa a dominar minha mente, realizar feitos na quais ninguém realizou, dar explicação ao que não deveria ser explicado, minha saga pelo espaço no momento é apenas um sonho, são apenas pensamentos, que se perdem na velocidade da luz, é algo remoto, mas vou ficando nessa gravidade, tentando entender o movimento de outros planetas, pois para alcançar suas metas não precisa ter pressa.

AUTORAS

G.E.L.

N.F.

W.F.S.

As primeiras aparições

Apesar de várias tentativas para descobrir se existia vida em outros Planetas, sempre foram fracassadas até hoje.

Era por volta de 17h40, o sol já estava se pondo quando, de repente, o céu ficou meio avermelhado, com luzes piscando sem parar. Por trás das nuvens dava para se ver claramente, as pessoas olhavam e não entendiam o que poderia ser. Os sinais de rádio e as imagens de satélite mostravam claramente uma enorme nave alienígena, os cientistas ficaram aterrorizados, o centro de busca por vida extraterrestes estava uma verdadeira correria, soldados, cientistas, todos perplexos com o que estava acontecendo, pois até ali ninguém sabia quando era o real motivo da vinda desses seres, seria para dominar o nosso planeta? Ou nos ajudar de alguma forma? Uma coisa era certa: eles estavam ali, já se passava mais de 2 horas e o céu estava escuro, aquelas luzes não apagavam ou diminuam sua intensidade e ela estava lá, aquela enorme nave não se movia, para a ciência já era tecnicamente impossível estar sem aceleração e continuar flutuando.

A busca para estabelecer um meio de comunicação era constante, pois, até então, não se sabia a forma que os seres se comunicavam, era algo novo e inesperado, jornais do mundo todo mostravam, ao vivo, com suas reportagens mais belas apresentando o ocorrido. O mundo parou, estavam em choque correndo diversas descrenças em muitas religiões que acreditavam em um plano superior, outros pregavam que ali poderia ser o fim dos tempos e, com suas formas de interpretar, mostravam na bíblia uma forma distorcida de que poderia ser o fim de tudo.

Passou-se uma semana com várias tentativas de comunicação: todas falhas, todos os rádios de comunicações que se aproximavam daquela área faziam som de "bip", como se fossem Código Morse, aquela área estava completamente cercada pelos militares, um capitão que passava por perto de um dos postos, ouviu um senhor que estava do outro lado da calçada falar alto: "eu sei, eu entendi" — aquele senhor parecia exausto com rosto de quem não dorme faz dias, o capitão pediu que liberassem a passagem daquele homem, que correu diretamente para um dos cientistas e mostrou a forma de traduzir aquele sinal. Que, com frases repetidas, diziam:

— VIEMOS EM PAZ!

AUTORAS

A.G.M.

M.V.B.S.

J.B.P.C.

S.S.S.

B.R.B.S.

Átila

Pesquisas com experiências genéticas muitas vezes podem ir além da imaginação. Há exatos 16 anos um doutor de uma clínica de reprodução chamado Victor Lins resolve pôr em prática suas pesquisas sobre o código genético humano. Ele fez uma junção de DNA de um leopardo com um humano, o embrião foi gerado e depois de 9 meses nasceu o garoto, que possuía genes de leopardo que, por conta das experiências, possuía características de um felino, como força, agilidade, audição, olfato, presas e garras. Ele recebeu o nome de Átila.

10 anos se passam, Átila cresceu e se tornou um garoto carismático, carinhoso e tímido, vive com sua mãe e seu pai. Por anos, o Dr. Victor escondeu o segredo sobre suas experiências com o garoto, mas quanto mais o tempo foi passando, mais desconfiados os outros médicos da clínica ficaram e após pressionarem o doutor durante várias vezes, ele resolveu abrir o jogo e revelar o que fez.

Com as descobertas, os médicos chegaram à conclusão de que precisam excluir qualquer evidência dessas experiências, pois se mais alguém descobrisse poderia gerar um escândalo para a clínica, então, eles resolveram contratar um atirador para eliminar Átila.

Os dias de paz na família de Átila chegam ao fim quando o assassino em série chega à casa do garoto para cumprir com sua missão e matar o jovem, seus pais acabaram se tornando as vítimas do assassino. Com isso, Átila é forçado a fugir em busca de sua sobrevivência.

Em uma perseguição, o garoto e o *serial killer* acabaram caindo de um penhasco em uma floresta, o homem morre e Átila felizmente sobrevive, porém, acaba perdendo sua memória.

Ele é encontrado por uma família de uma pequena vila próxima à floresta. Ele é levado para vila e se recupera. No entanto, começou a agir como se nunca tivesse tido nenhum contato com seres humanos.

AUTORES

S.S.

O.S.

A HERANÇA DE JÚPITER

Algumas pessoas se perguntam se existe vida em algum lugar nesse universo a fora. Bom pode se dizer que sim. Chamo-me Júpiter Abrazak, me casei com Tito Abrazak. Com a morte do meu marido eu herdei uma fortuna um pouco diferente, sou dona de planetas, isso responde à pergunta se existe vida fora da terra, meu falecido marido é de uma linhagem de seres alienígenas que fazem uma espécie de colheita nos planetas.

Todo ser vivo no universo produz uma espécie de energia chamada Tation, essa energia é responsável para que sobrevivesse por certo tempo, quando o planeta ultrapassa certo limite de seres vivos, é chamado de tempo de colheita, os seres mais velhos são retirados do planeta e retiramos essa energia, ela possibilita a imortalidade quando se é utilizada em grande quantidade. A família Abrazak é a mais poderosa do universo, ela é dona de 2/3 dos planetas. Vocês devem estar se perguntando como eu me casei com um alienígena. Bom, tudo começou no ano de 2000, eu tinha acabado de me formar em jornalismo, estava a caminho de uma reportagem sobre um meteoro que havia caído na Terra, ao chegar ao local, vejo uma espécie de nave espacial. Como toda jornalista curiosa, me aproximei da nave e vi que dentro dela havia um homem, de pele branca, cabelos loiros platinados, a imagem mais bela que tinha visto, mesmo sem saber quem e o que ele era, eu me encantei por ele, foi como um imã atrai o ferro, fiquei encarando até que ele acordou, assustado, ele me olhava, com seus olhos lilás, nunca tinha visto nada parecido. Ele me analisava com um cientista, olhava cada detalhe em mim, porém, não falava nenhuma palavra, aquela situação estava um pouco estranha, então resolvi perguntar:

— Quem é você?

— Me chamo Tito Abrazak, sou o Caybrak da família Abrazak — ele respondeu com um tom superior.

— O que é isso? — perguntei tentando entender o que seria isso e meu câmera man ficou olhando-o como se fosse alguma espécie de doente mental.

— Um Caybrak é o protetor da família, o responsável por manter sua família unida e viva, o Caybrak é escolhido em uma cerimônia onde reúne todos os homens da família, essa é uma grande honra para alguém da minha espécie — ao terminar de falar, ele se levanta e sai da suposta nave, mas antes que ele pudesse sair, perguntei:

— E que espécie seria? — já estava achando que era doido, mas perguntei mesmo assim, queria saber até aonde sua loucura chegaria.

— Sou de uma espécie que vive nas profundezas de marte, minha família tem controle total da tecnologia mais avançada do universo, desenvolvemos armas capazes de destruir um planeta inteiro, de controlar a gravidade do planeta, muito acham que não existe vida em marte, porém, é uma camuflagem criada pelos meus ancestrais para proteger a nosso povo dos monstros do universo: eu já estava prestes a ligar para o psiquiatra quando, de repente, algo explode próximo a gente, no mesmo instante Tito entra na nave e sai com um tipo de arma, e começa a atirar contra outra nave, na hora eu fiquei sem reação, o medo foi instantâneo, eu congelei, eu não conseguia processar nada do que estava acontecendo Do nada, sinto uma batida que me tirou do transe, Tito havia se jogado em cima de mim para me empurrar para longe de um tiro que vinha na minha direção, depois ele mandou que eu fugisse para longe, corri o máximo que pude, até que cheguei a uma caverna, me sentei tentando recuperar o fôlego, na tentativa de processar o que estava acontecendo, eu nem percebi que havia se passado horas, a única coisa que me vinha à mente era se eu estava doida, ou se tudo que ele disse era real, depois de um tempo o barulho de explosões havia parado, mas ouço passos vindos em minha direção, me escondo entre algumas rochas e espero, quando ouço alguém me chamar, saio devagar, com medo, e me deparo com Tito, me perguntei com ele sabia meu nome, mas na hora a única coisa que consegui fazer foi abraça-lo.

Ele retribuiu o abraço e fez um carinho em meu cabelo, Tito me levou para a nave dele, depois ele saiu do planeta, durante o caminho eu exigi que ele me falasse o que estava acontecendo.

— Como eu já disse sou o Caybrak da minha família, só que eu não sou o mais velho. Na maioria das vezes o Caybrak da família é sempre o primogênito, porém, meu irmão mais velho não foi capaz de conseguir esse título na cerimônia e desde então ele passou a me odiar, ele tentou várias vezes me arruinar, só que nunca deu certo, dessa vez ele contratou assassinos profissionais para me matar, por isso vim parar aqui, só que eles me seguiram.

— Mas por que ele te odeia, ser Caybrak não é se sacrificar pelo bem da família? Ele deveria estar feliz por não ser um? — perguntei, tentando entender tudo.

— Correto, mas o Caybrak tem suas vantagens, os bens da família são todos passados para seu nome, quando ele se casa, ele tem obrigação de ter pelo menos um herdeiro homem, para que caso ele morra, os bens da família sejam herdados por sua esposa ou filho e eles têm obrigação de cuidar da família, o título de Caybrak é passado de pai para filho, assim que a criança atingir 18 anos, ele é obrigado a seguir os passos do pai, caso tenha mais de um filho homem, eles tem que fazer uma cerimônia onde serão testados até escolher o melhor. Explicou ele.

— Mas isso tudo por causa de uma herança idiota, e eu que achei que o ser humano era ganancioso — revirei os olhos.

— É mais que ganância, nós herdamos o bem mais precioso do universo, a energia Tation — disse ele após desviar de um meteoro.

— Eu vou querer saber o que é isso? — ironizei, ele riu e falou:

— Todo ser vivo no universo produz uma energia, ela garante que ele viva por anos, quando os planetas chegam ao limite de seres vivos existentes, você já deve ter percebido que quando as pessoas morrem ficam sem cor, é por causa da energia que absorvemos delas, temos poder suficiente para se apoderar dos planetas, quando o planeta chega ao limite de series existentes nele, nós somos obrigados a fazer uma seleção, recolhemos os seres que produzem mais energia, no caso da terra, são os humanos, quando utilizada em grande quantidade, eles proporcionam cem vezes mais tempo que vocês têm, ela permite que sejamos imortais.

— Vocês matam humanos para serem imortais? – gritei, assustada e tentei me afastar dele.

— Calma, não é bem assim, quando vocês chegam a certo tempo de vida, quando já estão maduros, nos trazemos vocês, recolhemos a energia e mandamos de volta, fazemos isso mais rápido que a velocidade da luz, por isso vocês não percebem, vocês falam que morreram por conta da idade, apenas pegamos quem já está na hora de partir — assim que ele terminou de falar percebi que estávamos no planeta vermelho, mais conhecido com Marte, entramos e fomos para as profundezas, assim como ele havia dito, ao chegarmos lá todos me olhavam com fascinação, apenas o Caybrak tem contato com seres de outros planetas, quando necessário.

Entramos em uma casa enorme cheia de gente trabalhando na segurança, quase me barram só que Tito fez um gesto com a mão e eles se afastaram, quando chegamos dentro da casa ele fala algo no ouvido de uma garota, que o olhou com espanto, mas concordou, ela vem em minha direção e fala:

— Oi, sou Tana, irmã mais nova de Tito, ele pediu que te levasse a um dos quartos e te vestisse apropriadamente, ou você será reconhecida e isso não será bom — ela se parecia com ele, mas seus olhos eram rosas bem claros, eu até diria que ela era fofa, mas estava com medo demais para isso.

Após me trocar, fui ao encontro de Tito, ele me puxou no canto e disse:

— Você é a única pessoa que pode me ajudar, preciso que se case comigo, não sei se viverei, e não posso permitir que ele consiga a herança.

— Você é louco, eu nem te conheço, fora que se ele te matar o que acontecerá comigo? – falei, assustada, pensando na minha morte

— Nada, a esposa de um Caybrak morto é protegida por lei e quem machucá-la será considerado traidor e será exilado nas profundezas mais sombrias do universo, por favor, só você pode me ajudar, se ele conseguir a herança será o fim para tudo — ele pegou em minha mão e olhou no fundo dos meus olhos, balancei a cabeça em sinal positivo e surgiu um lindo sorriso em seus lábios.

Ele me levou a um lugar, chegando lá ele me disse que era um cartório, passamos por todos os procedimentos e no final eu estava casada com ele, fui mandada para um local seguro e ele foi atrás do seu irmão. Horas depois, Tana veio em busca de mim, apenas ela sabia do casamento, ela me deu a notícia da morte de Tito e do seu irmão.

Até onde eu sei foi uma luta dura, a casa foi destruída, mas já estavam reconstruindo-a, Tana me levou até o tribunal junto a uma espécie de advogado, lá eu reivindiquei minha herança, no começo a família dele ficou espantada por ele ter se casado com uma terráquea, mas com o tempo eles se acostumaram.

E foi assim que tudo aconteceu, isso foi há uns cinco anos, desde então vivo em marte com eles, os costumes são estranhos, mas você se acostuma com o tempo, às vezes vou a Terra visitar a todos. O DNA de Tito foi recolhido para que eu fizesse um procedimento onde eu tivesse um filho dele, estou grávida de cinco meses, ninguém sabe o que vai acontecer daqui em diante, mas de algo tenho certeza, ninguém vai triscar um dedo no meu filho e ele escolherá se quer ou não seguir os passos do pai.

AUTORES

R.R.S.S.

T.A.B.P.

Mardiarcano

Há um tempo, havia um garoto que tinha vários sonhos e nesses sonhos ele aprendia várias coisas interessantes e importantes para sua vida...

Em uma noite ele teve um sonho, mas não um sonho normal, foi um sonho bem diferente do que ele costumava ter...

No sonho, ele tinha um controle dos desejos, mas não poderia fazer desejos normais, tinha que fazer desejos mirabolantes, porém ele só poderia passar um dia nesse lugar... Ele por horas ficou na dúvida do que pedir, mas depois de um tempo decidiu conhecer algum planeta que não fosse a Terra...

Ele apertou o botão e foi teletransportado para um planeta estranho, que se chamava Mardiarcano...

Esse planeta media 116.600 km de diâmetro... E por conta de várias outras coisas, ficou sendo fácil se adaptar naquele planeta.

Nesse planeta existiam coisas que ninguém nunca tinha visto, como as montanhas formadas de granizo, mas não fazia frio e lugares formados com brasas de fogo, porém não fazia calor.

Ele, andando muito espantado, se depara com um ser magnífico que o ajuda a conhecer mais o lugar.

Encontraram várias substâncias gelatinosas, cada substância com um poder de fazer algo. Nesse planeta existiam seres diferentes, eles tinham pés grandes, eram baixos e, no momento, estavam desconfiados com o que deparavam.

Ele percebeu que cada uma das substâncias gelatinosas tinha cores diferentes, ele via que os seres se misturavam e formavam algo para comer ou remédio para algum machucado.

O menino sonhador começou a se desesperar inesperadamente no planeta Mardiarcano. Com o território meio úmido, ele escorregou, acabou se machucando e desmaiou, quando acordou, ele se deparou com muitos seres que o olhavam espantosamente, mas também percebeu que o seu machucado tinha sarado e foi graças aos seres estranhos... Daí em diante, ele percebeu que eles não eram ruins como ele pensava.

O dia acabou horas depois e ele tinha aprendido várias coisas legais e interessantes.

Como as horas acabaram, o sonho dele também acabou, ele acordou se sentindo um pouco estranho por ter tido aquele sonho...

Ele se arrumou e foi à escola, lá ele descobriu que, na verdade, aquele planeta existe, não se sabe muito sobre ele, nem se sabe o nome, nem as características, mas aquele planeta existe... O garoto ficou assustado, pois o sonho dele foi nesse planeta e ele já sabia várias coisas interessantes sobre ele.

AUTORAS

J.B.Q.E.

M.E.G.P.

1° D

A FÍSICA E A POESIA DA NATUREZA

A física não é uma coisa
normal, porém é real.
só temos que entender que, às
vezes, as coisas estão no chão
e às vezes não.

Quando acelera a gente se desespera
e a força faz a diferença,
por isso lhe peço
licença para um repouso poder dar.

Se a gente não se movimentar,
não sairemos do lugar.
se a força resultante for nula,
logo, a velocidade do objetivo
é constante.

Vendo minha mãe dirigir,
observo muitas coisas por aí,
quando ela no freio pisa,
o carro no instante para ali.

Aí eu noto que a ação de
pisar fez o carro frear.
É a mesma lei da gravidade
que faz cair a uva madura demais.

Dessa forma, finalizando
minha conclusão sobre
as leis de Newton e sua utilização.

AUTORAS

K.L.S.

E.A.A.

R.S.S.

A SEMENTE

Para mim e todas as minhas partes, por mais loucas que sejam.

E também aos meus pais por terem paciência.

E a minha irmã por ser incrível.

São 7h30mim e eu estou atrasada, levanto-me da cama muito rápido, tão rápido que fico tonta por mais ou menos uns 30 segundos, corro para o banheiro e tomo uma ducha breve, escovo meus dentes e, em menos de 20 minutos, estou novamente no meu quarto me arrumando para chegar ao trabalho. Chego com 15mim de atraso, pulo do carro e corro direto para empresa, decido ir de escadas até o terceiro andar, pois o elevador está demorando demais, finalmente chego à minha sala, jogo minhas coisas em qualquer lugar e corro para a sala de reuniões, quando entro, acabo interrompendo alguém que pergunta alguma coisa à Srta. Mark, todos olham para mim – Vamos querida, entre, sente-se, não perdeu muito, apenas o Junior tossindo a cada duas palavras minhas – faço o que ela diz e sento-me próximo a alguém que não sei quem é, pois estou muito atordoada e, finalmente, a Srta. Mark começa a falar de novo, ela é uma mulher extremamente inteligente, chega a dar um pouco de temor ao estar em sua presença, mas mesmo assim é uma mulher muito amável, rígida e pontual, ela tem 40 anos, mas não parece ter mais de 27, ela é estranhamente jovem para uma mulher da sua idade, seu cabelo é afro de um castanho amadeirado, a cor da sua pele é negra, olhos grandes de um mel quase amarelo, boca carnuda, e um corpo de dar inveja a qualquer modelo, possui uma inteligência enorme, acho que já mencionei isso, mas, mesmo assim, é importante frisar, alguém como ela dificilmente passa despercebida.

Felizmente tenho uma grande sorte de trabalhar ao seu lado, seus projetos são cada um mais louco que outro, isso tudo por que trabalhamos para o governo, somos o "cérebro" dele, fazemos de tudo: qualquer tipo de arma, cura, projeto etc. tudo relacionado a isso passa pelas nossas mãos, aqui é tudo divido em setores...

– Olivia o que você acha? – Alguém fala – Olivia? – Escuto meu nome mais uma vez e tenho que piscar umas três vezes antes de cair na real – Sinto muito, senhora, não acordei muito bem hoje de manhã – ela me olha com um olhar indiferente, embora eu saiba que está decepcionada, sei o bastante sobre ela para saber quando esconde seus sentimentos, afinal, sou aprendiz dela faz um tempo, 5 anos para ser mais precisa.

Quando finalmente termina a reunião todos saem da sala, apenas eu e ela ficamos lá, então ela olha para mim e sei exatamente o que ela irá falar – Olivia, olha, eu sei que tem acontecido muita coisa, mas preciso que você fique atenta, não se desligue – ela tem um tom apaziguador, confirmo com a cabeça e digo – Sinto muito, Senhora... Srta. Mark – me corrijo — eu não acordei muito bem hoje, estou um pouco tonta – Ela assente com a cabeça, então continuo – Não vai mais acontecer, eu só fiquei um pouco absorta em meus pensamentos, sinto muito – abaixo a cabeça – Olha eu entendo, mas preciso de sua cabeça aqui, é a mais inteligente de todas as aprendizes que já tive e sem você nesse projeto eu não teria chegado tão longe – Após ela falar isso fico mais tonta, eu não sei como reagir, minhas bochechas ficam coradas e eu apenas consigo mover a cabeça em um movimento lento.

Ao chegar à nossa sala de trabalho onde a Srta. Mark e eu, estamos desenvolvendo o projeto "dela", é uma arma biológica, sim, um pouco de idiotice? Talvez (pelo menos em minha opinião, mas de certo modo não sou paga para pensar assim, não dessa forma), mas desde o declínio de tudo, o Brasil levantou-se como uma das maiores potências política, financeira, armamentista, entre outras coisas, quem diria, não é mesmo? Um país do qual se preocupava apenas em imitar coisas de fora e se concentrava em explorar das pobres almas viventes, então após a queda de todos do senado e uma nova ascensão, com novas pessoas nos "comando", presando, dessa vez, em crescer o nosso lugar e fazer de tudo para o crescimento mútuo de todos, ou seja, melhores escolas, melhor ensino e etc. Hoje em dia, o Brasil é o lugar mais invejado do mundo, a nossa estimativa de vida é de 115 anos de vida e estamos trabalhando para aumentar ainda mais esse número, mas, mesmo sendo um dos países mais ricos do mundo, temos também coisas ruins, como ameaças de uma nova guerra mundial e constante ameaças de morte ao nosso lugar e, devido a essa e outras coisas, o governo desenvolveu o PPAV (Programa de Proteção a Vida, um "a" mudo apenas para dar um charme), embora todos nos chamem de a Semente, por que somos chamados assim? Bom, tudo começou apenas com uma pequena ideia que se iniciou com duas perguntas: "O que podemos fazer para nos proteger?" e "Precisamos, necessitamos estarmos preparados, mas como?" Então, com pequenas ideias, todos chegaram a um consenso, criando assim a PPAV ou a Semente.

Após trabalhar durante 5h para tentar fazer funcionar uma pequena parte do projeto, não conseguimos... Bom, pelo menos não tanto quanto gostaríamos, o plano é que seja um gás que sendo liberado destrua todas as bactérias do solo, tornando-o assim infértil, essa é uma das pequenas coisas que ele deve fazer, vou explicar detalhadamente: após ser liberado em uma área ele irá espalhar-se mais rápido do que um vírus de computador, ele não vai apenas matar as bactérias do solo e o deixar infértil, as pessoas que comerem as frutas ou verduras das árvores que já estavam plantadas no local, ou respirarem o gás, vai ter toda a sua imunidade eliminada, sem contar na perda de 95% dos órgãos do seu corpo e paralisando o seu sistema nervoso. Pelo fato de ser um gás extremamente perigoso, precisamos ter todo o cuidado com cada composto químico e fórmula, e sem contar que precisamos ter nas mãos uma "cura" da qual nos deixará imune a esse gás, ou seja, um trabalho de número 99,9% de precisão, periculosidade e alerta, é exigir demais e não temos apenas esse projeto em nossas mãos, todos na Semente têm mais ou menos três projetos ou mais, dependendo do nível periculosidade, pessoas com um tem cerca de 10p. (projetos) pessoas com sete tem no mínimo 5p. Pessoas com nove ou 10 tem apenas dois ou 1p. Mas como a Srta. Mark é uma das melhores — no caso, a melhor — no que faz, deixam-na com três projetos, que fica para mim e ela, e todos eles com risco nove ou 10.

Estou tão cansada que ao entrar em casa tiro apenas os sapatos e caio na cama, pego no sono imediatamente. Meu despertador toca, acordo e desligo, vou direto ao banheiro, mas como dessa vez não estou atrasada, demoro em meu banho e quando estou me banhando aproveito para pensar sobre as coisas, sobre tudo, na verdade, a cada gotícula de água que cai em minha cabeça e escorre pelas minhas costas, peitos, barriga, pernas, eu me sinto relaxada, a cada gota q se destrói ao tocar e em mim e se junta com as outras e forma um barulho de pequenas correntezas, eu simplesmente fecho os olhos, penso sobre meu emprego, sobre minhas mudanças de humor repentinas, sobre como meu gato fugiu de casa e nunca mais voltou.

Ao entrar no carro para ir ao trabalho recebo uma mensagem em meu telefone, sim eu falo telefone, não é apenas clichê como é esquisito chamar de celular ou smartphone, a mensagem da Srta.

Mark me diz o seguinte: "Olivia, aproveite o dia de hoje e tire uma folga querida, coloque os seus pensamentos no lugar e lembre-se do porquê de estarmos fazendo isso", fico preocupada com a mensagem, não que eu já não tenha recebido uma assim antes, mas essa frase "Lembre-se do porquê que estamos fazendo isso" me deixou intrigada, será que ela acha que eu estou querendo desistir? Saio do carro e vou para dentro de casa, passo pela sala e tiro a roupa ali mesmo enquanto procuro um canal que preste, minha casa não é tão grande, eu diria média, não tem tanto luxo como o esperado de uma mulher que ganha consideravelmente bem, na minha casa tem dois quartos: o meu e mais outro para visitas, uma sala grande (pelo menos a meu ver), a televisão de tela plana fica em frente aos dois sofás brancos, onde entre eles tem uma mesa de centro média. Atrás do sofá que fica em frente à mesa de centro e a televisão, fica a mesa de jantar com, exatamente, seis cadeiras, perto da mesa existe uma cristaleira onde ficam umas louças de porcelana e umas xícaras, tenho uma cozinha média. A casa tem dois banheiros, um que se localiza em meu quarto e o outro para visitas, tem o quintal onde dá para fazer um bom churrasco, com sobra de espaço, até porque não tenho tantos amigos assim e tem também uma piscina média, como eu disse uma casa média.

Desisto de assistir algo, pois não passa nada de produtivo, acabo indo para o quarto e se sentando na cama, me pego pensando na mensagem que recebi e em como as palavras da Srta. Mark mexeu comigo. E então começo a pensar nos eventos que me levaram a escolher esse emprego e também no passado antes dele. Quando adolescente eu não esperava chegar longe, meus planos eram ser uma professora, ou uma psicóloga, ou se nada desse certo, uma garçonete em um barzinho qualquer (essa parte do bar meu causa arrepios), além do mais, se você fosse uma garota do

Nordeste da Bahia e com uma família de classe baixa, também não esperaria chegar muito longe, talvez, o mais longe que pensasse seria em casar, com um bom marido, ele sempre atencioso (no início, claro), ter dois filhos, um menino e uma menina, trabalhar em alguma coisa, ou só cuidar da casa, pois seu príncipe no cavalo branco iria suprir todas as suas necessidades. É uma grande pena que isso é pura fantasia, e príncipes, vidas perfeitas e coisas do tipo não existem, então, ele começaria a chegar tarde à casa, sendo que ele sempre chegou cedo, às vezes chegando bêbado, você iria brigar com ele e, enfim, iriam acabar se separando, eu tive que descer muito até aprender isso, aprender da pior forma. Minha adolescência foi repleta de amores desleais, amizades nada reais. Sofri de anorexia, consequência da bulimia, coisas que me arrependo todas as manhãs por ter feito isso, foi uma opção minha, mas não foi. É um pouco confuso eu sei, talvez seja mesmo, mas tudo isso se ocasionou por conta de eventos que me marcaram profundamente, eles ainda me assombram, afasto esses pensamentos da minha cabeça, deito na cama e acabo pegando no sono em posição fetal.

Acordei já eram 13h ótimo! Agora não terei sono a noite e, de quebra, terei que me drogar para dormir, eu odeio ter que fazer isso, mas infelizmente não terei outra escolha, pois irei que trabalhar amanhã. Como tenho o resto do dia de folga acabo, decidindo por fazer umas compras, como roupas e algumas coisas que estão em falta em casa, "comidas", bolacha recheada, algum tipo de salgado, pipocas, sim, uma mulher com 25 anos de idade como eu comendo esse tipo coisa é estranho, bom, pelo menos para algumas pessoas, mas eu tenho desejos e vou supri-los. Após fazer as compras e colocar as compras no estacionamento do shopping, decido assistir a algum filme. Acabo indo ver Annabelle2, eu gosto de filmes de terror, apesar de achar essas sequências ridículas e dignas de serem jogadas no fogo, pois, apenas invocação do mal seria necessário, afinal, ele é apenas o que tem a pontada de verdade, tal qual aconteceu de verdade.

Após comprar meu ingresso vou direto para sala com algumas guloseimas, as luzes ainda estão acesas quando entro, gosto de ser a primeira assim posso ficar com o melhor lugar, sento-me na da parte de cima, fico bem ao meio, assim posso ver toda a tela, sinto-me em um camarote, mesmo que eu nunca tenha estado em um — não gosto de festas —, ou em algum jogo de futebol, mas deve ser essa a sensação, um homem alto de olhos castanhos e cabelos castanhos, e com barba de um ruivo quase castanho claro, não sei bem ao certo, essa luz é meio estranha, ou melhor, deixa as coisas estranhas, ele senta ao meu lado, até que ele é bonitinho e então vem à minha cabeça que o conheço, acho que ele trabalha na Semente também, mas não consigo lembrar o nome, e então lembro – Eric! – Falo em voz alta, tenho vontade de me matar, minhas bochechas ficam vermelhas e no mesmo instante ele olha para mim e então fala:

— Ah, oi! É Olivia? Né? – Ele também me conhecia, interessante...

– Sim, isso mesmo, é o meu nome – digo e tento sorrir, mas é uma má ideia, acabo fazendo uma careta e ele ri.

— Filme de terror! Quem imaginaria que... – O interrompo e falo:

– Uma mulher que tem 1,60m de altura e que, possivelmente deve gostar de um romance gás com água, estaria assistindo a um filme de terror. – Ele não diz nada, então vejo que a minha tentativa de fazer uma piada sai pior do que pensei – Desculpa, era para ser uma piada – digo.

— Bom, precisa trabalhar um pouco nisso, ou qualquer dia vai acabar magoando alguém – ele fala e fico sem reação, então ele ri.

— Você é muito bobo sabia? – digo rindo e dando um empurrão no ombro dele.

— Trabalha com Srta. Mark, né? – ele pergunta surrando no meu ouvido, pois os trailers acabam de começar.

— Isso mesmo, e... Espera aí, você também estava naquela reunião, me desculpa não prestei muita atenção, estava horrível ontem e você também trabalha no terceiro andar, pegamos o elevador juntos, pelo menos eu acho – acabo tagarelando – ele ri um pouquinho – Olha! Não sabia que a Olivia prestava atenção em mim – diz ele se dando ênfase no meu nome, eu rio. Acabamos ficando quietos quando o filme começou.

Quando o filme termina, eu fico até que as letras subam e, incrivelmente, ou talvez estranhamente, ele também, quando finalmente nos levantamos, ele fala:

– Devíamos sair para tomar alguma coisa algum dia – Fica um silêncio por alguns segundos e finalmente falo – É. Pode ser.

— Que tal esse fim de semana? – Ele pergunta, franzindo a testa como uma súplica, o que me faz rir – Tudo bem! Acho que estou livre.

— Que bom que aceitou, achei que iria ter que ter que te comprar com rosas, chocolates e uma possível ameaça de morte – Eu rio alto.

— Acho que não posso ir você deve ser um assassino, esperando uma garota nada feia para matar – Ele ri, eu continuo – Desculpa, mas ser morta por um cara que aparentemente conheci no cinema e que possivelmente é um assassino não está planejado para esse fim de semana! – Digo e ele ri, então saio correndo antes que ele fale alguma coisa.

Tudo bem, não sei por que sai correndo, mas ele deve me achar completamente maluca agora, ao que no caso implica que estarei livre esse fim de semana.

Chego à casa e são 10h, tiro minha roupa, olho-me no espelho e digo a mim mesma: "Nada de encontro para você querida!" e acabo não precisando de nenhum tipo de remédio que me faça dormir. O despertador toa na hora certa e desta vez então começo minha rotina da manhã. Chego à Semente um minuto adiantada, vou caminhando até o elevador, aperto o número sete, quando as portas estão quase se fechando, uma mão as impede de fechar, e adivinha quem é? Isso mesmo, Eric!, Ele está muito bonito essa manhã, cabelos com um pouco de gel, um terno cinza, com gravata azul e uma camisa social branca por dentro.

— Oi! – diz ele, meu coração dispara – Oi! – digo de volta, — Não sabia que você corria tão rápido – diz ele e dá uma risadinha, enquanto eu cubro o rosto com as mãos – Desculpe por isso – digo rindo também, — Foi um ótimo primeiro encontro – Diz ele e então ri um pouco alto – espero que possamos repetir esse final de semana, mas dessa vez vou levar você a uma pista de corrida – diz ele e eu começo a rir.

— Não vou poder esse final de semana – falo, por fim.

— Tudo bem, então que tal almoçar comigo hoje?

— Hum... O.K – digo e sorrio.

Ele ia falar alguma coisa, mas ao mesmo tempo a porta do elevador abre-se, então ele sai primeiro e diz – Você está linda hoje! Bom dia – ele dá um sorriso com o canto da boca e sai antes que eu posso falar alguma coisa.

Chego à sala e a Srta. Mark já está lá – Olá, Olivia! Aproveitou seu dia de folga? – pergunta ela, provavelmente por educação, confirmo com a cabeça.

Após 2hrs tentando fazer dar certo estamos descansando um pouco, então ela me pergunta – Está tudo bem Olivia? Você está muito calada hoje. – demoro uns 3 segundos até conseguir responder – Estou sim! A senhora estava de folga ontem também? – Ela negativa com a cabeça e fala – Não, infelizmente tive que participar de uma reunião aqui – ela não fala mais nada sobre.

Chego à casa são 7h, o almoço com o Eric foi bom, apenas conversamos, ele não tentou nada e fiquei grata a ele por isso, ele me disse como era a sua vida antes de ir trabalhar na Semente, e contou sobre sua época de escola, o que me fez lembrar sobre a minha época de escola e pensar sobre como foi parar na PPAV, ele falou a maior parte do tempo. Como alguma coisa em frente à televisão, que passa um filme sobre uma menina que caiu de um cavalo, ou alguma coisa do tipo.

Tomo um banho e deito-me às 9h.

Fragmentos do Passado

Acordo às 5h20 para me arrumar e ir ao colégio. Vou para banheiro, depois tomo meu café da manhã, escovo os dentes e vou me arrumar, coloco uma calça jeans azul médio, digo que é azul médio pelo fato de não ser nem tão clara nem tão escura, está entre os dois, coloco meu *All-Star* cano alto surrado, coloco o uniforme horrível (mesmo com um novo governo, ainda em ascensão, não conseguem deixar as fardas de colégios públicos bonitos, isso realmente é de partir o coração), prendo meu cabelo em um trança simples e vou para o ponto de ônibus.

Chego ao colégio, um padrão como sempre, como sempre. Mas não deixo de me orgulhar, os colégios públicos de hoje em dia têm um ensino muito bom, melhor do que muitas escolas privadas (isso ainda existe, mesmo depois de mais de 10anos com esses homens no "poder"). Vou direto para minha aula de história, depois para aula de Química e depois Física.

Intervalo vou direto para cantina, é macarrão com almondegas, como tudo em cinco colheradas, corro para o banheiro, escovo meus dentes novamente, odeio o fato de ficar suja, vou direto para a biblioteca e pego um livro de Física, abro em um capítulo sobre Astronomia.

Um garoto a princípio serpenteia pelas prateleiras, pega um livro qualquer e senta-se ao meu lado.

— Astronomia, heim?! – Diz ele, levantando o pescoço para ver o que estou lendo – Então gosta das estrelas, heim?

Reviro os olhos – Sim, gosto. – ele abre o livro dele e então fala – Gosta de ler sobre o que? Além desse livro incrivelmente grosso – olho para livro – Que parece completamente chato – diz ele, faz um silêncio por alguns segundos então respondo – Bom ele é mais interessante do que muitas pessoas, e não é nada grosso, é normal...

— Qual é! Ele deve ter umas mil páginas, olha a grossura disso! – diz ele e toca no livro.

— Não, tem apenas quinhentas! – digo.

— Mesmo assim é muito grosso, então... Qual o seu nome? – Fico quieta por alguns segundos e falo – Olivia – dou de ombros.

— Nome bonito, o meu Oliver, Olivia e Oliver! Tem tudo a ver! – diz ele e sorri um sorriso sincero, e ainda faz gesto com as mãos, como se olhasse nossos nomes em algum tipo de cartaz. – Não sei não, parece nome de dupla sertaneja falida – ele ri com o que digo e, então, rio junto.

— É um prazer te conhecer O – L – I – V – I – A! – Ele fala pausadamente letra por letra, o que me faz sorri.

— Bom espero te encontrar aqui mais vezes — continua ele, então sobe em cima da mesa – Adeus Srta... Senhorita?

— Silva — completo.

— Isso mesmo! Srta. Silva! Amanhã, nessa mesa! No mesmo horário – ele faz mais uma reverência e sai.

E foi assim que conheci Oliver Souza, um garoto estranho, cabelo preto, pele branca, olhos verdades e com dois sinais cada um próximo de um olho.

Parte II

Algumas semanas se passaram e eu fiquei muito ocupada com o projeto e tudo mais, mas, nesse meio tempo, me sobrou tempo com o Eric e nosso relacionamento evolui, passamos de conhecidos para amigos e, na mesma semana, namorados, então, posso dizer que foi uma grande evolução, não tão grande quando a evolução humana, mas pelo menos foi, hum... Grande.

Acordo muito disposta, entro no meu carro e tento ligá-lo e nada funciona, tento mais uma, duas vezes e nada. Ligo para o Eric e ele não me atende, eu queria falar que irei chegar atrasada e perguntar se ele poderia avisar a Srta. Mark, mas não tenho sorte, o que começou como uma boa manhã está se tornando um péssimo dia.

Vou até um ponto de ônibus, pois é minha única saída, pegar dois ônibus até conseguir chegar próximo ao trabalho, ando por uns cinco minutos até chegar ao prédio da Semente. Tem uma multidão de funcionários na porta, de longe tento achar meu namorado, mas não tenho chance.

Quando finalmente consigo chegar à empresa, estou quase vinte minutos atrasada, corro até o elevador que, para meu desespero, está quebrado, tenho que subir alguns lances de escada até chegar ao ondar certo, paro na porta para respirar um pouco, pois subi quase que correndo. Minha testa está um pouco suada, vejo que alguém se aproxima e para minha "felicidade" é a Jhennifer, ela está exageradamente arrumada, em sua cara tem uma maquiagem sutil digna de uma maquiadora profissional, em sua boca tem um batom vermelho, que realça sua boca carnuda, sobrancelhas impecáveis, cabelos castanhos lisos com cachos nas pontas, é doloroso como essa mulher pode ser tão bonita, às vezes tenho vontade soca-la, ela simplesmente fala que não faz nada além de alimentar-se bem e fazer caminhada à tarde e, por falar em caminhada, é impossível que alguém tenha esse corpo com apenas uma caminhada à tarde.

— Olivia, você tá bem? – diz ela me tirando dos meus pensamentos – Parece um pouco cansada, sei lá, quer uma água?

O negócio com ela é que é a "boazinha", mas todos sabem a verdade, ela é só uma cobra venenosa esperando a hora certa para dar o bote.

— Estou bem, só subi as escadas rápidas demais, mas obrigada por perguntar.

Digo isso e vou caminhando para a minha sala e da Srta. Mark.

Quando chego à sala, abro a porta e antes que eu possa falar alguma coisa, vejo a Srta. Mark andando com tubos de experimentos e então fala – Está atrasada – fala isso e continua misturando alguma coisa nos tubos de ensaio. Abro a boca para falar e ela me corta – Não quero saber de desculpas, Olivia! Vamos, entre, preciso da sua ajuda aqui – gesticulo que sim com a cabeça e entro.

— Bom, parece que achei a coisa certa para fazer isso funcionar – fala ela, se referindo ao experimento da bomba.

— Como? Espera, o que é? – pergunto, fazendo careta.

— Bom, eu não tinha pensado nisso e foi um acidente descobrir a fórmula que vai fazer tudo funcionar! – diz, sorrindo – Então, está preparada? Faço que sim com a cabeça.

— Mas antes disso, com descobriu? – pergunto-lhe, um pouco confusa.

— Eu tinha acabado de fazer uma pizza e... me passa esse tubo, querida?! – entrego para ela – E fiquei pensando em como faria isso dar certo e foi então que comecei a pensar que talvez não fosse uma fórmula tão difícil. E se fosse algo que estivesse debaixo do nosso nariz o tempo todo? Pensei nisso em quando assistia a um episódio de Gravitty Falls – fico de boca aberta, como alguém pode chegar a uma conclusão assistindo um desenho?

— Mas... – ela me interrompe

— Eu sei não tem nada a ver, mas o episódio era sobre o sereio preso na piscina! – Diz ela e sorri.

— Então, a fórmula é... – Ela me interrompe mais uma vez

— Isso mesmo ÁGUA! – ela diz isso e faz uma cara de como se estivesse se gabando e ela tem todo o direito de fazer isso – É claro que eu vi isso e logo de cara pensei, mas então me veio à mente e comecei analisar as nossas pesquisas – quando ela fala nossas pesquisas me sinto feliz por me incluir – E que talvez desse certo e deu! Mas o único problema é que falta uma fórmula matemática, mas eu já tentei praticamente de tudo.

— Por que não tenta Bhaskara? – falo, em um tom meio irônico.

— Hum, interessante – ela coloca a mão sobre o queixo.

— Foi só um pensamento é voz alta e... Bom, meio irônico, sem pen... – ela estende a mão para eu parar de falar.

— Talvez possa dar certo, tentei de quase tudo e uma coisa simples, com outro, deve dar certo! — faço uma careta e falo – É sério?

— É claro que é sério! Nem tudo precisar ser difícil, nós é que temos o costume de complicar tudo e achar que tudo é impossível e complicado, mas não é.

Acabou que tudo deu certo, o projeto deu certo, mas faltou algo. Srta. Mark disse que ia dar uma pesquisada e fazer uns experimentos ou coisa do tipo, ela me deu uma pilha de papeis disse que iria ajudar e que era para eu pesquisar sobre também.

Nós saímos do prédio mais tarde do que o de costume, ela foi pegar o carro dela e eu fui procurar um ponto de ônibus – Deixa de ser boba, Olivia, eu te dou uma carona – disse ela, neguei com a cabeça e disse – Não tudo bem, eu estou precisando caminhar um pouco e o ponto de ônibus não é tão longe.

— Mais que besteira! Deixe-me te levar pelo menos até lá – indico que sim a cabeça.

A viajem de ônibus não foi tão ruim quanto eu imaginava que seria, cheguei em minha casa e tomei um banho, enquanto tomava banho deixei um daqueles miojos de pote e foi o tempo exato, terminei o banho e coloquei uma blusa qualquer, sentei-me no sofá e, enquanto comia, assisti a um filme chamado "Amizade desfeita", um filme mediano, não considerei um terror, estava mais para um suspense/drama ou algo do gênero, embora tenha me dado muita agonia ao ver tantas abas abertas no computador da garota, saio do sofá e vou direto para as pilhas de papeis e os pego. E então começo a ler e fazer anotações, são tantas que tenho que pagar mais de uma folha para anotar tudo, acabo descobrindo coisas muito interessantes e tento procurar por coisas mais simples, pois como a Srta. Mark disse: "Nem tudo precisar ser difícil, nós é que temos o costume de complicar tudo", então, fico mais atenta e tento ver maneiras mais simples, cálculos não tão complicados um deles foi equação do primeiro e segundo grau, mas mesmo assim estou confiante em ralação a isso, vou me deitar mais tarde do que esperava e deixo a sala uma bagunça!

Meu telefone toca, pego ele na mesinha do lado da minha cama, olho a hora e são meia-noite, atendo o número até então desconhecido e uma voz de enfermeira fala – Alô?! Srta. Olivia? – respondo – Sim, ela mesma.

Fica mudo por dois segundos e escuto um barulho ao fundo.

— Uma mulher chama Natasha Mark sofreu um acidente feio e disse que era para ligar para você! – a voz fica um pouco baixa – Deem um pouco de sativos! – alta novamente, é como que se quando ela ficou baixa, a enfermeira — que suponho que seja uma — tenha colocado o telefone no ombro – Você precisa vir agora!

— Tudo bem! Estou indo! – digo e desligo.

Cheguei ao hospital, fui direto para recepção e procurei logo por ela. Disseram-me qual era a sala e uma enfermeira me acompanhou. Cheguei à sala e tinha uma médica saindo e quando ela me viu disse – Você é a Olivia, não é? – concordo com a cabeça e disse – Posso vê-la? – ela demorou um pouco para falar, mas no fim concordou – Mas só uma coisa, ela tomou uns sedativos, então, ela deve estar um pouco sonolenta e talvez durma – diz a médica que está na entrada do corredor.

Entro na sala e me aproximo da cama, vejo uma mulher deitada e ela não parece nada com Srta. Mark, bom, também está um pouco difícil de reconhecê-la com alguns curativos espalhados pela cara dela e uma cânula em seu nariz.

— Srta. Mark como você está? O que aconteceu? — ela abre os olhos e diz – Não muito bem, Olivia, não importa o que aconteceu, só preciso que pegue minhas pesquisas na minha sala e as proteja, e que você dê continuidade ao projeto.

— Mas...

— Olivia, só escute, eu descobri a fórmula matemática que pode nos ajudar a terminar o projeto, mas tive alguns problemas, uns queridos espiões estavam de olho para pegar a fórmula e usar contra nós, é por isso que eu prec... – Ela tosse e tosse, a voz fica um pouco mais embargada e ela continua – Sei que fará o possível, e... (tosse, e mais tosse), não confie em ninguém, nem mesmo em seu namorado, é muito importante que nada dê errado. Você entende, Olivia? – indico que sim com a cabeça, ela acaba caindo no sono.

Já faz mais de duas semanas que ela está internada, o quadro dela está estável, na porta do quarto de hospital dela tem dois policias, a segurança está pesada para com ela, também é uma mulher muito valiosa, não apenas para a PPAV, mas também para os caras do outro lado, só nessas duas semanas a Semente foi atacada três vezes, a segurança agora está mais pesada do que nunca, nem parece mais como antes, eles preferem deixar tudo isso debaixo dos panos, a desculpa é "não podemos preocupar a população brasileira, eles tem que saber que ainda podemos protegê-los”, mas a verdade é que eu não sei mais se isso é possível.

As pesquisas com o projeto vão de mal a pior, mesmo tendo ido à casa da Srta. Mark, como ela pediu, e mesmo tendo pegado as pesquisas delas e tudo o que tinha a ver com o projeto, mesmo assim não consigo chegar a lugar algum.

Meu telefone toca, é o Eric – Oi, linda! – ele diz.

— Oi!

— Está tudo bem? – ele pergunta.

— Está, é que estou com muito trabalho – digo com uma voz monótona.

— Bom... Já que está com tanto trabalho por que não saímos para jantar? – ele fala, e a ideia me anima um pouco mais. Levanto do sofá no qual estava sentada e vou para a cozinha pegar um copo d’água.

— Parece uma ótima ideia! – digo e começo a beber minha água.

— Então eu te pego as sete! Tudo bem? – a voz dele fica mais animada.

— Claro!

— Eu tenho que desligar agora, tchau, linda!

— Tchau!

O negócio entre mim e o Eric é que às vezes eu nem sempre sei como agir com ele, às vezes ele parece muito ser meu namorado, meu Deus! O que eu estou falando? Eu tenho que me arrumar!

Vou direto tomar um banho, demoro até meus dedos ficarem enrugados e então saio.

Não sei o que vestir e já são 6h20, tirei todos os vestidos do meu armário e finalmente escolhi um, é um vestido simples, mas bonito, ele é preto com alças, ele vai ficando apertado na área da cintura o que me deixa com um pouco mais de curvas do que na verdade tenho, depois ele é um pouco mais solto, coloco um colar de prata com alguns brilhantes e um salto alto preto. Deixo o meu cabelo solto, deixei liso em cima e com cachos nas pontas.

Olho no meu relógio e são exatamente18h59.

O Eric chegou às 19h em ponto e às sete e meia estávamos chegando ao restaurante, parecia ser chique, então fiquei muito feliz de ter me arrumado consideravelmente bem.

Ao entrarmos eu realmente pude ver que era chique, um homem nos mostrou nosso lugar, ao chegarmos à mesa o Eric puxou a cadeira para eu me sentar.

— Obrigado, Senhor! – disse isso e fiz uma referência, esse era um tipo de brincadeira que temos.

— De nada! É sempre um prazer, agora me diga senhorita com tem passado? – ele diz, em tom cordial.

— Tenho tido dias difíceis, acredita que fui convidada para jantar com cavalheiro? – digo.

— Ah! É mesmo? E como ele é? – pergunta, colando o cotovelo sobre a mesa e colocando a mão sobre o rosto, o que o faz ficar como uma cara pensativa, eu dou risadinha.

— Se parece muito com o senhor. Mas acho que ele não vem – faço uma cara triste.

— Não tema, senhorita – diz ele, colocando a mão sobre o peito, eu rio e ele também – já que ele não está aqui! Tomarei essa missão que é acompanhá-la – acabamos rindo alto demais, o que faz com que algumas pessoas de outras mesas nos olhem.

Ocorreu tudo bem no jantar, rimos, gargalhamos, chegou a hora da sobremesa e não falamos nada, terminou tudo bem, chegamos ao carro ele abriu a porta para mim, tudo lindo.

— Então, você disse que está muito atarefada com o trabalho, posso ajudar em algo? – ele me pergunta no caminho de volta.

— Sim estou, mas eu posso resolver – digo e vejo que pareceu rude.

— Tudo bem.

— Desculpa, mas não quero o ocupar mais, você já trabalha muito – digo, por fim.

— Tudo bem, eu só quero te ajudar, não é nenhum tipo de ocupação para mim. – ele diz, faz uma pausa e então continua – eu sei que tem sido difícil com a Mark no hospital, principalmente para você, que era a mais próxima dela.

— É... Complicado – abaixo a cabeça

— Ei! Tudo bem, eu entendo, não é fácil, mas ela te escolheu por um motivo, ela sabia que você era capaz.

Sinto-me um pouco melhor.

— Ah, meu Deus!

— O quê? – pergunto, preocupada.

— Fecha os Olhos! Rápido – ele pede.

— Quê? para quê? – pergunto, confusa.

Ele me ajuda a sair do carro e me leva até um lugar.

— Dois, por favor! – diz ele a alguém e então me entrega um sorvete, o que é estranho, caminhamos mais um pouco.

— Pode abrir os olhos! – ele diz.

Quando abro os olhos vejo que estamos na frente de um parque diversões, não sei como não ouvi o barulho, ao que parece estava distraída pensando.

— Então! Vamos? – ele pergunta e começa a me levar para entrada.

— Eric! Estou velha de mais para isso – digo rindo um pouco.

— Vamos Olivia! Nunca se é velha de mais para diversão! – ele diz, abrindo os braços e gritando um pouco.

E rio um pouco – Mas eu estou de vestido! – digo ainda tentando fazê-lo mudar de ideia.

— Tudo bem, eu sei que velhos não gostam muito sair – diz ele rindo – mas eu tinha que tentar! – ele coloca a mão no peito para parecer mais dramático – Não acho saudável você ficar naquela cama o dia todo, comendo e engordando! Eu sou uma mulher e preciso de diversão! – ele começa a rir e eu também.

— Tudo bem, seu bobo! – digo, rindo – Nunca me diga que não sei me divertir!

Saio correndo e grito – O ÚLTIMO A CHEGAR É A MULHER DO PADRE! – corro até o primeiro brinquedo que vejo e que está na minha frente, é a roda-gigante.

A noite foi perfeita, nos beijamos na roda-gigante e em todos os brinquedos que fomos. Ainda estou com um sorriso bobo. Quando chego em minha casa, deito na cama ainda sorrindo então recebo uma mensagem, é do Eric e diz: "Você estava linda hoje, como sempre, eu me diverti muito. Eu Te Amo". Eu fiquei nas nuvens, não foi só pela mensagem, mas foi porque foi a primeira vez que ele disse que me amava, mesmo que tenha sido por mensagem, eu o respondo logo em seguida "Também me diverti, e também Te Amo.".

Pego no sono com meu telefone sobre o peito.

Já faz semana desde o meu encontro com o Eric e mais de um mês com a Srta. Mark internada, mais duas tentativas de roubar o projeto, pelo que nos contaram é que alguém contou sobre, ou seja, temos um lindo espião na empresa, pelo menos é o que acham. Outros falam que podem ser outra coisa, sei que isso fez com diminuísse o fluxo de quem entra e sai do Brasil, eles estão sendo "precavidos", mas já aconteceu algumas vezes, então, nada impede que aconteça de novo. O negócio é que eu estou desenvolvendo o projeto, ou pelo menos tentando, e tenho que lidar com uma revista diária de dois seguranças que ficam na frente da minha sala, o que é ridículo porque sou eu que estou desenvolvendo, mas como eles dizem "normas da empresa", falaram isso depois de que tive um pequeno ataque e quase bati em um dos seguranças.

No momento estou na minha sala tentando, mas acabado saindo para tomar uma água, porque vou acabar enlouquecendo qualquer hora.

No caminho do bebedouro encontro a Vivian, somos colegas de trabalho, ela é uma boa ouvinte, eu não tinha e ainda não tenho muitos amigos e conversar com ela era sempre bom, a Vivian cuida da limpeza, pelo menos do meu andar.

— E ai garota! – Diz ela quando vê.

— Oi! Tudo bem? – pergunto.

— Até poderia estar, mas, alguém resolveu derramar café no chão da sala de reuniões. – ela me acompanha até o bebedouro, o que eu acho estranho é ter apenas um bebedouro em cada andar, "Alou! Faltou verba?" – Sabe quanto tempo eu demoro para limpar aquele tapete? E mancha de café é horrível de tirar!

— Nem imagino – digo.

— Como está a senhora lá? – ela pergunta.

— Ela ainda está internada, o estado está melhor, mais ainda inconsciente. – ela faz um gesto com a cabeça.

— E como tá indo o trabalho sem ela? – o negócio com a Vivian é que ela sempre sabe de quase tudo sobre as pessoas da empresa e o que não sabe, descobre, não sei como E também faz perguntas, muitas, às vezes até invasivas demais, como uma vez, eu estava andando um pouco estranho por conta que tinha machucado o tornozelo e ela me perguntou se eu tinha "dado" para algum cara, ou se minha menstruação tinha descido e eu não tinha absorvente, acontece que ela falou isso foi dois dias depois nos falarmos pela primeira vez.

— Bom... Tá indo, na medida do possível – parece que isso a convence, então ela começa a falar sobre as manchas de café e falar sobre algumas pessoas da empresa como a Jhennifer, ela disse que tinha escutado que ela fazia bulimia todos os dias e que tinha um namorado que a traia, fiquei triste em saber isso, mesmo sendo a Jhennifer, sei como é horrível não se sentir bem com o peso ou com o corpo, mas sobre o namorado, penso que ela poderia fazer algo em relação a isso, acontece que eu não sei se isso é totalmente verdade, às vezes a Viviam exagera um pouco.

O dia termina bem, e eu estou em casa lendo e relendo os papeis com as anotações e tudo mais, e nada, até que finalmente algo me chama a minha atenção: os cálculos de Bhaskara estavam certos e só precisavam ser complementados com mais alguma coisa (tudo bem isso eu já sabia), e então eu percebi que só precisávamos de uma equação e ela estava na minha cara o tempo todo, era uma equação de primeiro grau, uma simples equação de PRIMEIRO GRAU! Sinto-me meio burra por não ter visto isso antes.

Minha primeira reação é ligar para meu namorado, pego o meu telefone e ligo, ele atende no segundo toque.

— Oi lin... – ele começa.

— VOCÊ NÃO VAI ACREDITAR! EU CONSEUGUI! – falo, interrompendo-o e animada demais.

— Conseguiu? O quê? – ele pergunta, confuso.

— Eu descobri o que faltava para terminar o projeto! – digo, sentando-me no sofá.

— Isso é sério mesmo? Que bom, amor! Eu sabia que mais cedo ou mais tarde você ia conseguir.

— Obrigada!

Conversamos mais um pouco durante um tempinho e ele disse que deveríamos sair no sábado para comemorarmos.

Anoto a fórmula nos documentos, ainda muito eufórica e faço copias dos documentos, porque não sou burra e estou trabalhando comigo mesma, uma das pessoas mais desastradas da face da Terra. Guardo as cópias em dois cofres separados, um na cozinha, que fica atrás da geladeira com cerâmicas em cima — foi um dos melhores lugares que consegui pensar para colocar um cofre — embora minha mãe tenha me chamado de maluca quando contei a ela por telefone e outro fica em um quadro no meu quarto, que fica em cima de uma estante o que me faz precisar de uma cadeira sempre que vou usá-lo.

Estou muito inquieta para dormir, então, vou assistir a um filme e pego no sono na metade dele.

PARTE III

Desde que eu consegui encontrar a fórmula que faltava. Os ataques a mim e à PPAV não pararam por isso preciso estar sempre com um segurança ligado a mim 24h por dia, parecem babás e eu não os aguento mais, eles interferem demais na minha vida pessoal, eu não posso nem mais falar ao telefone com meu namorado sem que eles escutem, não posso ficar no banheiro sozinha por mais de 10mim, sem contar que quando eu vou comer eles precisam provar a comida antes e isso é, sem dívida, horrível.

Estou a caminho da empresa com dois seguranças em meu carro e mais dois carros com mais seguranças atrás de mim.

Chego à empresa e vou para minha sala que, por enquanto a Srta. Mark não sai do hospital, é minha. Mesmo tendo achado a fórmula e tudo mais, o gás vem tendo algumas oscilações, são como se ele estivesse instável e isso está me dado nos nervos, eu estou à flor da pele com isso tudo, é muito estressante.

Na hora do almoço o Eric vem na minha sala como de costume, já virou rotina, ele sempre vem almoçar comigo, todos os dias, sem falta. Vamos a uma cafeteria e livraria, é um ótimo lugar, calmo, e servem um ótimo café, sempre compro meu almoço e um café lá, para depois ir comer na empresa, essa é nossa rotina.

— Amor – ele fala no caminho de volta – vamos para praça hoje? Vou te levar a um lugar para jantar hoje.

— Não precisa, eu estou um pouco, muito ocupada com as coisas da empresa.

— Por isso mesmo, você está muito estressada ultimamente – por isso vamos jantar fora hoje.

— Tudo bem – digo e ele me dá um beijo na minha bochecha.

No jantar ocorreu tudo bem, conversamos, ele me perguntou como estavam indo as coisas com o trabalho, o de sempre, a noite foi-se rápida, quando dei por mim, já eram 22h e por mais que isso pareça coisa de criança, nos saímos fomos para o carro esse horário. Chegamos em casa e como eram apenas 22h30 eu o chamei para assistir a um filme, ficamos uns dez minutos tentando achar um filme que os dois gostassem ou que não tivéssemos assistido e optamos por um filme de comedia romântica bem antigo, o nome do filme era Simplesmente Acontece. Sim é uma história meio clichê sobre amigos de infância, o que é muito bom e no de correr do filme, algumas partes me fizeram lembrar do Oliver, o que me fez pensar em como ele estaria? Casado? Ainda é meio magrelo e divertido?

— No que está pensando? – Pergunta Eric, enquanto olha fixamente para tela.

— Nada – digo e olho para ele, ele tira os olhos da tela e me olha fixamente – O quê?! – digo, rindo um pouco, por que ele levanta as mãos ameaçando me fazer cocegas – Não é nada, juro! – nesse momento as mãos deles vão para minha cintura e sobem para as minhas axilas, tento me livrar dele dando uns empurrões fracos, mas ele segura minhas duas mãos com uma mão só e então, quando dou por mim, estou com a blusa dele em minhas mãos, ele está tirando a minha. Paro e me afasto um pouco.

— Desculpa – ele diz.

— Não tudo bem, eu só queria ver seu rosto.

— Por quê? – Ele faz uma careta, eu rio um pouco.

— Nada – digo e volto a beijá-lo.

— Voc... – diz ele entre os beijos – é uma garota estranha – eu te amo. Paro mais uma vez, já é a segunda vez que ele diz "eu te amo".

— Eu também amo você – digo e o beijo.

Não sei como, mas estou na cama, passo a mão e ele não está lá, por um momento achei que tinha sonhado, mas escuto um barulho na cozinha e penso logo nos "guardas", vou direto para lá, o vejo olhando uma foto minha na escrivaninha, que fica atrás do sofá da sala.

— Peguei! – Digo, dando um pulinho e fazendo uma arma com as mãos. Ele levanta as mãos.

— Bom dia, linda! – ele me dá um abraço e coloca suas mãos em minha cintura.

— Que cheiro é esse? – faço uma careta.

— Fiz seu café da manhã, espero que não se importe por eu ter mexido em suas coisas.

— Bom, se a comida for boa não tem nada com o que se preocupar. – ele abre um sorriso ao me ouvir dizer isso.

Vamos para a cozinha sentamos na mesinha que tem lá, ele puxa a cadeira para mim e eu agradeço.

Ele senta à minha frente e fixa o olhar em mim.

— Hm... Por que está me olhando assim? Tá me assustando – falo e dou uma risadinha.

— Quero ver sua cara ao provar a melhor comida do mundo! – ele coloca a mão no peito ao falar isso, então eu começo a rir.

Coloco a primeira colherada na boca – MEU DEUS DO CÉU! Você é o melhor namorado do mundo! – rimos.

Recebo uma ligação corro para atender deixando o Eric sozinho na cozinha, meu coração dispara ao ver que é do hospital.

— Alô! – falo, aflita

— Srta. Olivia? – diz, é voz de uma mulher.

— Sim, sou eu, como ela tá? – respondo, antes que a mulher pudesse dizer mais alguma coisa.

— Ela está bem, apesar de sofrer um ataque ontem.

— Por que a ligação se ela está bem? – eu sentia que ela não me contava algo.

— Bom ela acordou e disse que devíamos ligar para você, ela quer te ver – diz a mulher, calmamente.

— Tudo bem, estarei aí em alguns minutos – afirmo, quase gritando de felicidade, não podia acreditar que ela tinha acordado.

— Srta... – desligo antes de ela terminar a frase.

Eric entra na sala quase correndo, só agora percebo que está de cueca e em como seu corpo é lindo, mordo o lábio inferior.

— Aconteceu alguma coisa? – minha cara deve estar estranha para ele perguntar isso.

— Ela acordou! – digo e abraço-o beijando seu rosto

— Quer que eu te leve ao hospital? – ele pergunta. E fico feliz por se oferecer, mas conheço a Srta. Mark, melhor ir sozinha.

— Não precisa, eu vou só! – expresso pegando indo para o quarto para me vestir logo.

— Vamos, deixa eu te levar – ele está na porta do quarto.

— Não precisa, amor, sério mesmo – digo saindo do quarto e pegando a chave do carro.

— Tudo bem... – ele diz, meio triste.

— Tchau, amor, te vejo depois.

Corro para o carro e percebo que não tem nenhum segurança em volta da casa, o que é meio estranho, eles sempre estão aqui, ligo o carro mesmo assim, não tenho tempo de pensar nisso agora, ligo o carro e entes de dar a ré, o Eric sai da casa correndo até mim, ainda de cueca e descalço, o que me faz ver como isso é cômico, ele segura algo na mão e vejo que é um casaco, ele me entrega quando abro o vidro do carro.

— Você ia esquecendo – ele é tão fofo.

— Obrigada! A propósito, como conseguiu tirar os seguranças daqui? Eu nunca consigo – pergunto.

— Bom, eu só disse que você não ia precisar deles hoje.

— Só isso? Sério? Funcionou? – pergunto, ainda incrédula.

— Hm, sim?! – diz ele, dando de ombros.

— Tudo bem então. – ligo o coloco a ré na marcha, ele me dá um beijo na testa e eu saio.

O caminho até o hospital parece ser uma eternidade, nenhum tipo de música consegue me distrair, eu só penso em chegar ao hospital. Ela finalmente acordou e chamou por mim, e eu consegui fazer o que ela me pediu, eu estava mais do que feliz por não a decepcionar, quando finalmente cheguei ao hospital o estacionamento estava um pouco lotado. Ótimo! Levou mais alguns minutos até eu conseguir achar uma vaga, estacionei o carro de qualquer jeito e sai do carro em disparada, o que me fez parar e voltar para ligar o alarme, quando finalmente cheguei à frente do quarto dela tive que parar um pouco para recuperar o ar, coloquei as mãos sobre os joelhos e respirei um pouco, uns dois segundos depois uma enfermeira sai do quarto da Srta. Mark, ela vai andando em direção ao corredor oposto ao meu.

— Ei! Com licença, a senhora poderia me informar se a paciente desse quarto pode receber visitas? – pergunto, quando ela se aproxima.

— A senhorita é...? – ela pergunta fazendo uma careta.

— Sou Olivia, a mulher deste quarto me pediu para vir agora. – digo e tento sorrir.

— Ah! É claro, pode esperar só um minuto? Preciso confirmar com médica responsa...

— Não precisa confirmar nada, eu a chamei – nos duas olhamos em direção a voz e vemos a Srta. Mark em pé, apoiada na porta do quarto.

A enfermeira faz um gesto de cabeça e fala – Tudo bem senhora – e então vai saindo.

— Por que demorou tanto? – a Srta. Mark pergunta, fazendo um gesto para eu caminhar até ela. Então me abraça.

— Eu tentei chegar o mais rápido possível –ainda a abraçando.

— E como vão as coisas? – ela pergunta, saindo abraçada agora segura as minhas mãos e me puxa para dentro do quarto em que ela está. Quando eu entro, ela dispara – Olivia, como anda a pesquisa? Algum avanço?

— Bom, vai tudo bem, eu consegui achar o que faltava – digo e vejo em seus olhos um brilho e um pouco de preocupação ao fundo.

— Contou a alguém sobre isso?

— Ah... Eu falei ao chefe que tinha conseguido – ela balança a cabeça – e ao meu namorado, e o chefe fez questão de anunciar isso – eu dou um sorriso forçado.

— Como assim? O Adriano deve estar louco da cabeça, ele não sabe do perigo que te colocou. – Não consegui deduzir o que pensava, o rosto dela ficou estranho como se pensasse em algo.

— Ele me deixou com alguns seguranças – tentei amenizar as coisas.

— Mesmo assim, eu os conheço, simples seguranças não podem parar uma entiva de te matarem ou algo do tipo. Vamos sair daqui rápido você corre perigo.

— Como assim? Todos nós corremos perigo, com os vários ataques e... – ela me interrompe e diz – Olivia! Imagine a PPAV como um tabuleiro de xadrez, é obvio que teremos torres, bispos, cavalos, esses são os que estão no topo da Semente, os funcionários que trabalham ali não passam de meros peões.

— Então... Quer dizer que...?

— Isso mesmo, o Adriano e qualquer outro que está no topo, não ligam em sacrificar peões para se salvarem e você agora é o peão que está no meio do tabuleiro, cercado por todas as outras, seu único objeto é ser isca para outro escapar.

Fiquei chocada, eu nunca tinha pensado assim antes, bom eu sei que em todos os lugares existem coisas assim, mas achei que todos estavam por um único motivo ali.

— Rápido temos que sair daqui. – diz a Srta. Mark, interrompendo meus pensamentos.

— Mas ainda não recebeu alta – digo confusa.

— Não importa. Eles virão atrás de mim de qualquer jeito, não vou facilitar nada, mas o que importa agora é sua segurança.

Sair do hospital não foi tão difícil como pensei, fiquei um pouco frustrada de não precisar usar nenhuma roupa para me vestir como uma enfermeira ou algo do tipo, como os filmes que vemos, no fim, só precisamos andar até a porta, a única demora foi com um policial que estava na porta e fez algumas perguntas, fora isso foi tranquilo.

Caminhamos até o carro – Me dê às chaves, por favor – pediu a Srta. Mark, entreguei a ela – Muito bem vamos passar na sua casa, pegue algumas roupas, não muita, só o necessário para alguns dias, uma semana no máximo – confirmo com a cabeça – Depois vamos passar na minha – continuou ela.

— Para quê isso? – Pergunto, um pouco confusa.

— Temos que sair daqui, eles não vão ficar quietos sem que o cérebro que por detrás da arma que ajudou a acabar com eles seja destruído – fiquei um pouco assustada, ela percebeu pela expressão em meu rosto – Vai ficar tudo bem não, se preocupe.

Chegamos à minha casa ela encostou o carro, saímos, corremos até a porta da frente que estava entreaberta, a Srta. Mark coloca o braço entre mim e a porta, pois eu estava quase entrando – Eles ainda podem estar aí dentro – ela disse em um sussurro, assenti com a cabeça – Você tem alguma arma com você? – fiquei um pouco surpresa com a pergunta, nunca imaginei que precisaria andar com uma arma ou algo do tipo. Afinal, nunca pensei em nenhum tipo de situação como essa ou ao menos parecida.

— Tudo bem – ela disse – por fim, correu até o carro e procurou algo no porta-malas, tirou alguma coisa de lá, um pé de cabra – Achei que não tinha nada – disse ela, girando o pé de cabra como se testasse o peso.

— Eu não sabia que tinha isso no carro – tentei pensar em como aquilo foi parar lá.

Entramos devagar, depois de adentrarmos toda a sala, vimos que não havia mais ninguém ali dentro, tudo estava revirado, fiquei de boca aberta.

— Mais alguém tem acesso à chave da sua casa? – ela me perguntou, me tirando dos meus pensamentos, fiz que não com a cabeça.

— Tem certeza? – insistiu ela.

— Tenho.

— Mais alguém esteve aqui antes de você sair? – me lembrei do Eric. – Quem? Olivia... Ah, não, não diga que...

— Sim, mas...

— Eu disse para não confiar em ninguém

— Eu sei, mas é que... – tento me explicar, mas ela não deixa e fala – Tudo bem, sabe de alguma coisa que ele possa querer pegar?

— Não sei...

— Pense! – insistiu ela.

Não conseguia aceitar a ideia de que o Eric, o meu Eric possa ser um espião, um agente duplo ou algo do tipo, foi tudo real demais, como ele poderia me trair assim? Como poderia ter coragem para fazer algo assim? Será que ele nunca gostou mesmo de mim? E todos os seus sentimentos eram apenas forçados? Mil coisas passavam pela minha cabeça, o mundo estava girando e não de uma boa maneira, metade do meu mundo tinha caído, como ele poderia fazer tudo isso depois de dizer que me amava? Sentei no braço sofá, que estava terrivelmente fora de lugar.

— Eric... – disse baixo, quase um sussurro.

— Olivia, eu sinto muito – ela veio me abraçar, lagrimas caíram do meu rosto. – Eu sei que o que está sentindo é uma dor horrível, mas precisa se concentrar.

— A pesquisa, a fórmula!

Peguei tudo o que precisava, a Srta. Mark disse que eu não deveria levar nada mais além disso, compraríamos tudo o que precisávamos quando chegássemos ao lugar certo. Fomos para a casa dela, não demorou muito, eu fiquei esperando no carro enquanto ela saia com algumas bolsas, chegou ao carro e colocou no banco de trás.

— Achei que não precisava de muito – disse, vendo as cinco bolsas.

— E não precisamos – ela disse, com um sorriso de canto.

— Então... para que tudo isso? – fiz um gesto com as mãos para as coisas atrás, ela começou a dirigir.

— Precisamos mudar se não quisermos acabar mortas. Vamos usar disfarces. – ela falou.

Chegamos a um motel e ela encostou o carro na entrada privada, entramos, chegamos à recepção e o cara do balcão falou – Posso ajudar as senhoritas? — ele perguntou e deu um sorriso malicioso.

— Um quarto para uma noite, cama de casal – disse a Srta. Mark.

— É para já! – ele estendeu a chave com o dedo indicador, um cara totalmente nojento, é a melhor forma e mais educada para descrevê-lo que me passou na cabeça.

— Nunca estivemos aqui – Ela continuou.

— Como quiser – ele piscou.

A Srta. Mark deu um sorriso e então fomos para o quarto que ficava no fim do corredor, porta número quarenta e dois. Quanto mais adentrava ao local, mais nojo sentia, era asqueroso, então perguntei – Por que um lugar tão nojento como esse?

Ela riu e disse – Bom aqui não tem câmeras e não tem como eles suspeitarem e nada.

Entramos no quarto.

— Vamos nos vestir, cortar os cabelos e mudar de nome – ela parecia falar mais para ela do que para mim, era como se conferisse uma lista mental – Como gostaria de se chamar? – ela me entregou uns documentos de identidades falsas e todos com a minha foto.

— Por que tem documentos falsos com a minha foto? – era estranho e eu queria saber o motivo.

— Bom você me ajuda no trabalho e obvio que seria a primeira pessoa que eles iriam atrás.

— Mas por quê?

— Para me chantagear – ela disse como se fosse óbvio, começa a escolher algumas roupas, todas muito discretas.

— Mas não seria mais fácil, sei lá, ameaçar sua família? – assim que as palavras saíram, me arrependi de ter falado.

— Eu não tenho ninguém – ela ficou com um semblante triste, sentou em uma pequena poltrona – Eu sou órfã, quando percebi que nunca me adotariam, fugi do orfanato.

— Sinto muito – eu disse.

— Tudo bem, você não sabia, na rua foi mais difícil – ela ficou absorta em pensamentos, piscou várias vezes – Isso não é importante agora, já decidiu qual nome? – ela disse, fugindo dos pensamentos.

— Ainda não.

— Rápido, não temos muito tempo.

Nos documentos tinham Alicia May, Juliete, Roberta, Nilda, Vivam e outros nomes nenhum deles combinava comigo. Então, optei por Lorena Peres.

— Acho que vou de Lorena Peres.

— Muito bem Lorena, escolha um corte de cabelo – ela me entregou uma lista com cortes, escolhi um corte curto, acima do ombro, tivemos que pintar meu cabelo também, optei por um chocolate escuro. A Srta. Mark alisou o cabelo, que estava afro e cortou estilo Chanel, ela pintou o cabelo de castanho médio.

E naquela tarde nasceu Lorena Peres e Mariana Castro.

Quando saímos do Motel já eram umas sete da noite, nossas roupas eram discretas, tons mais escuros, nada que chamasse atenção, poderíamos muito bem nos misturar em meio à multidão.

— Vamos para o Aeroporto. – dizia ela, saindo do carro alugado.

— E por que não vamos com carro? – perguntei.

— Vamos pegar um taxi.

— Mas para onde vamos? – ela ainda não tinha me dito.

— Lembra-se da sua cidade Natal? – fiz que sim com a cabeça – É para lá que vamos!

— Vai ser o primeiro lugar em que vão me procurar!

— Sim, que vão procurar Olivia Silva, não Lorena Peres, quando não a encontrarem lá, vão procurar em outro lugar.

— Isso é loucura! – porque não tinha como isso dar certo.

— Não é não e eu tenho contatos lá de pessoas que vão nos ajudar, então, você não tem escolha. – Assenti.

— Ainda assim acho loucura.

— Lá podemos terminar o que começamos e podemos salvar as pessoas. – ela disse, por fim.

Pra mim, era tudo loucura, nada fazia sentido, não sabia por que a Srta. Mark me ajudava tanto. Minha vida tinha virado de pernas para o ar em questão de dias, eu me sentia um caco, não conseguia pensar em mais nada.

Meu namorado era falso, a PPAV eram todos cobras buscando poder, nem me lembrava do porquê de querer trabalhar lá.

Comecei a lembrar da minha cidade natal, chamava assim, mesmo não sendo o lugar exato onde eu cresci, na verdade, estudei apenas oito anos lá antes de ser chamada para trabalhar na PPAV.

Lembrei-me do Oliver, não lembro se ele se mudou de lá, depois que fui para faculdade perdemos o contato, então eu viajei para São Paulo para trabalhar na Semente.

Lembrei-me das ruas, do cinema, de como ainda tínhamos que sair do meu povoado para ir ao hospital, lembrei-me das pessoas simpáticas. E então eu percebi que isso não poderia ser tão ruim assim.

Continua...

AUTOR

J.P.S.S.

Deixados no espaço

Bom, eu vou lhe contar uma história meio diferente, não é igual aqueles clássicos em que a princesinha encontra seu príncipe em um cavalo branco; mas sim sobre uma jovem que queria ser astronauta. Sim! Isso mesmo que você leu, ela queria ser astronauta e o nome dela era Kathe.

Kathe era muito dedicada aos estudos, formou-se muito rápido por conta de sua inteligência, ela decidiu seguir seu sonho de ser uma grande astronauta. Depois de alguns anos ela foi enviada para uma das maiores Agências Espaciais, na Europa. Chegando lá, ela hospeda-se em um hotel, pega sua chave e parte para seu quarto, pois no dia seguinte será seu primeiro dia de trabalho.

Finalmente chegou o dia, ela estava muito animada, pois, chegou o dia que ela tanto esperava, se arrumou para ir para seu trabalho. Ao chegar em seu lugar tão desejado, ela esbarra em um garoto alto, de cabelo claro e olhos castanhos, o café que estava em sua mão caiu no rapaz, que falou com ignorância:

— Você está louca?

— Desculpa-me, não foi minha intenção, mas...

— Mas o quê? Vai dizer que a culpa é minha?!

— Bom... de acordo com a terceira lei de Isaac Newton, para cada ação há uma reação, igual e contrária. ou seja, a culpa não foi somente minha, agora se você me der licença tenho que ir.

Ela vai em direção à sala de seu patrão.

Chegando lá, ele a manda entrar, fechar a porta e fala:

— Seja bem-vinda à AEE (Agência Espacial Europeia), sente-se e fique à vontade.

— Obrigada.

Eles ouvem alguém bater na porta, "pode entrar", disse o patrão. Era o rapaz no qual ela derramou o café e, ao entrar, ele avista a menina que derrubou café nele.

(os dois falam ao mesmo tempo)

— VOCÊ AQUI?!

— Vocês se conhecem? (patrão)

O rapaz fala:

— Não, me desculpe pelo atraso, mas é que ela derramou café em mim, por isso me atrasei.

— Tudo bem, agora me digam seus nomes, para que eu possa ver onde vocês irão ficar.

— Meu nome é Kathe Gregório

— E o meu é Derek Borges

Derek pensa "espero que ela não fique em minha sala de trabalho", o pensamento dela não foi diferente.

Enquanto isso, o patrão permaneceu olhando as fichas: — vejo aqui que vocês ficaram na mesma sala. Já podem se direcionar para lá, o trabalho espera por vocês.

Eles se dirigem para a sala. Ao abrirem a porta, percebem que não tem mais ninguém e que serão uma dupla. Kathe fala:

— Você não é a pessoa com quem eu escolheria trabalhar e aposto que você pensa o mesmo, mas já que vamos ser uma dupla, teremos que nos suportar daqui para frente. Ok? (Estende a mão na direção de Derek)

— Ok (Aperta a mão de Kathe)

Meses depois, já estavam se dando bem, certo dia eles foram designados para uma missão, para concertar o satélite espacial que estava com uma falha e as pessoas da agência não sabiam o porquê.

Então, chegou o dia, eles estavam se preparando para ir quando Derek falou sorrindo:

— Com medo?

— Claro que não, agora você, né?! Não posso dizer o mesmo (rio)

— Eu não (riu também)

Se dirigem para o foguete. Faltando poucos minutos para o lançamento, Kathe fala para si mesma:

— É agora, não acredito nisso.

— O quê? (Derek fala)

Kathe estava tão emocionada que não percebeu que tinha falado alto.

— Ah! Não... Nada, Só pensando alto.

— Vai, fala, estamos prestes a ir para uma viagem para o espaço juntos, tenho muito tempo para te perturbar para que você fale. (Fala, sorrindo)

— Aff! (Riu). Eu falei que "é agora, não acredito nisso".

— Você sonha com isso a muito tempo, né?

Kathe se surpreende.

— Sim, como você sabe?

— Dá para ver no seu rosto, você está radiante, dá para ver paixão em seu rosto desde o primeiro dia de trabalho.

Os dois sorriem.

A contagem regressiva começa e partem para sua missão.

Concertando o satélite, percebem que a parte que estava em falha, era como se estivesse sido arrancada e informam para a AEE. Quando, de repente, os sensores alarmaram, o comandante ordenou que eles entrassem no foguete, mas não deu tempo. Era um meteoro, não era grande, porém, tinha tamanho suficiente para quebrar uma parte do satélite e com o impacto eles foram lançados para longe do foguete e do satélite. Estavam amarrados um ao outro por um cabo.

— Perdemos conexão! O que vamos fazer? (Kathe fala).

— Calma! Não tem o que fazer. Aqui não tem gravidade. Quanto mais nos movermos, mais nos afastaremos.

— É questão de tempo para que nosso oxigênio acabe.

— Eu sei.

Alguns segundos de silêncio...

— Você está amarrado a mim. Então teremos que nos suportar por enquanto, ok? (Khate fala sorrindo)

— Ok. (sorri)

E vagaram para o imenso espaço.

AUTORES

I.B.M.

L.M.F.S.

R.M.B.M.

E.K.G.T.

A.H.L.S.

Os Molomas

Em um planeta desconhecido e distante, a 720 anos-luz da Terra, havia criaturas com um rosto semelhante a morcegos e com o físico aparente a lobos e macacos, o horário desse planeta era o oposto da Terra.

Os Molomas sobreviviam através de pesadelos e DNA de humanos, enquanto eles roubavam as noites com seus pesadelos, alguma coisa era modificada na mente daquelas pessoas, o horário em que eles roubavam era das 3h30 até às 5h00 da manhã no horário da Terra, durante esse horário as pessoas perdiam 1h30 de seu sono, sendo atormentadas pelos por eles, pessoas sentiam-se desconfiadas do tempo em que dormiam, era pouco e eles tinham que achar uma forma de conseguir apagar isso da memória, eles tinham um superior que podia mexer de qualquer forma com a mente das pessoas e um Moloma sugeriu ao seu superior que o tempo em que fosse roubado, de alguma forma fosse acrescentado aos seus pensamentos. Então o superior fez o primeiro teste com uma mulher chamada Cawter e, enquanto ela tinha pesadelos horríveis durante o tempo necessário, eles extraiam o seu DNA através da saliva para fazer modificações em sua própria raça.

Depois de fazer experimentos conseguiram adaptar o rosto dos Molomas aos humanos e, quando ela acordou, estava no planeta deles às 15h30 da tarde, era uma ilusão de tempo que eles usavam, levavam a uma sala e ela ficava lá por mais 1h30, enquanto eles recuperavam, ela ficava “desligada” por esse tempo, quando terminaram, levaram ela de volta à Terra e ela acordou com seu filho, Loury, dizendo: — Good morning! Olha mãe! Eu estou aprendendo inglês. Mãe? Não vai acordar? Já são 5h00 da manhã! Preciso ir para escola.

Então ela acordou e levou seu filho para escola olhou para seu relógio e falou.

– "Anda, você vai se atrasar". E o primeiro teste deu certo, ela teve dias

normais sem desconfiar do tempo em que era perdido.

AUTORES

R.L.S.C.

M.N.A.

A.R.S.L.

M.G.S.M.

M.H.B.M.

A existência do Universo

Um dia cheguei a me perguntar qual o propósito da existência do mundo e de tudo que existe nele, qual a lógica do ser humano vir ao mundo através do ciclo da vida sendo que ele nasce, cresce e morre, para que isso? Se tudo poderia ser simples e fácil, para que morrer se podemos viver até a existência do mundo?

— Ao me questionar isso um dia, escutei uma voz que falava:

— Por que se questionar tanto? Você não é grato pela sua vida e por sua saúde?

Quando ele olhou para trás viu um senhor que, ao escutar o seu questionamento, voltou a lhe perguntar:

— Para que você quer viver, se tanta gente chama pela morte por qualquer dor ou desespero que enfrenta na vida?

Ao escutar essa resposta ele questionou:

— Tenho medo da morte, como eu vou querer morrer se não sei para onde irei. Tudo no Universo é imaginário!

Então o senhor respondeu:

— Tudo depende de você e do seu coração, pode ter certeza de que se você perguntar a algumas pessoas, suas respostas serão totalmente diferentes, pois cada um tem sua crença e religião e não cabe a nós questionar ninguém por não terem a mesma crença que a nossa.

Então ele lhe falou:

— Mas como vou saber e escolher a minha?

E o senhor lhe responde:

— Isso não depende de mim e sim de você. Você tem que seguir seu coração, conhecer algumas crenças e ver com qual você se identifica.

Após essa conversa ele voltou para casa e viu que aquele senhor não tirou sua dúvida, pois seria ele que teria de achar a resposta, no entanto, ele percebeu que aquele senhor teria dado o caminho para ele achar a resposta.

Ele, ao perceber que em muitas questões podem ser encontradas várias respostas, voltou a se perguntar como surgiu o Universo?

E em suas pesquisas ele descobriu que o Universo pode ter surgido através de uma grande explosão que teria acontecido há cerca de 13,5 bilhões de anos. E após esse acontecimento a temperatura diminuiu drasticamente. Primeiro, os átomos se agruparam em nuvens de gases, para depois dar origem às estrelas e às galáxias, dando assim origem à Terra e aos seres vivos. Antes do BIG BANG não haveria espaço e nem tempo.

A outra versão para a formação do Universo é o criacionismo, lei que tem Deus como um rei poderoso e sagrado, acreditam que o mundo e tudo que existe nele, foi Deus que criou.

Segundo o criacionismo a Terra teria entre 6 e 10 mil anos, segundo o livro de crenesias. Quanto às formações biológicas da Terra, acredita-se que tenha sido causada pelo dilúvio, o qual teria destruído tudo, menos Noé e sua família, os animais que estava dentro da arca. E ele, ao perceber e estudar todas as teorias sobre a existência do Universo, falou:

— Não sei qual teoria está certa, mas vou continuar pesquisando, pois sei que irão surgir várias outras teorias. Posso não saber explicar como o Universo surgiu, mas se um dia alguém chegar a me perguntar, vou pelo menos saber indicar o caminho para as pessoas encontrarem a resposta, através de sua crença, como um dia aquele senhor fez comigo.

AUTORAS

J.D.B.

J.S.S.

E.L.A.R.

J.P.S.

O MENINO CIENTISTA

Era uma vez um menino que se chamava Fabio e seu apelido era cabeção, ele sonhava em ser um cientista muito famoso quando crescesse.

Um belo dia esse menino estava na escola e estava comentando com seu melhor amigo que o seu maior sonho era ser um cientista, seu amigo começou a rir muito da cara dele, pois ele não ia conseguir, porque ele era muito burro em matemática e em ciências, que são as principais disciplinas para ser um bom cientista.

Um dia ele chegou na escola e foi conversar com o seu professor de ciências sobre seu maior sonho:

— Oi, professor, tudo bem com você?

— Oi, Fabio, estou bem e você?

— Estou bem, obrigado por perguntar.

— Mas eu queria lhe fazer uma pergunta, posso?

— Claro que pode!

— O senhor acha que eu tenho capacidade para ser um cientista?

— Claro que sim, qualquer pessoa pode exercer qualquer carreira no mercado de trabalho, basta ter esforço.

— Obrigado, professor.

— Nunca desista dos seus sonhos.

Depois dessa conversa que ele teve com o seu professor, ele clareou mais suas ideias. Daí por diante ele persistiu nos estudos para tentar realizar seus sonhos. O tempo foi passando...

Então, Fábio começou a estudar para matemática. A cada mês que passava ele se adaptava melhor à matéria, até que estivesse bom o suficiente para conseguir realizar seu sonho de ser cientista.

Depois de anos estudando, Fabio perguntou ao seu professor se ele estava pronto para tenta fazer o que ele gosta.

— Professor, estou pronto para virar cientista.

— Claro, Fabio, mas compreenda. É uma jornada bastante difícil....

— Ok. Mas por onde devo começar?

— Tente fazer uma invenção que todos gostem.

— Tudo bem, então conseguirei.

Passou um tempo e Fabio se dedicava cada vez mais à sua invenção, até que um dia conseguiu finalizar e enfim testá-la em prática até o dia da sua apresentação.

Então esse dia chegou.

Fábio estava alegre para mostrar sua invenção à plateia e então chegou a vez dele.

— Vou apresentar minha invenção espero que todos gostem!

Então Fábio apresentou sua invenção a todos, conseguiu entrar para o grupo de inventores e realizar seu sonho de ser inventor.

Meses se passaram e então Fábio vai até seu professor e fala:

— Obrigado, professor, por ter me ajudado na minha jornada.

— De nada, Fábio, sempre ajude as pessoas com suas criações e seja feliz.

AUTORES

T.C.

G.S.

C.V.

F.T.

POEMA

Sentimentos em fases lunares
Cheia de sentimentos ela estava,
Eram tantos que
Ela nem podia compreender
E a cada dia
Que se passava
O amor se tornava
Mais **crescente**.
Até que no fundo
Ela percebeu,
Que tinha todas as soluções,
É que ela não conseguia ver
Porque estava presa no mesmo lugar.
A cada sentimento novo,
A cada lugar novo o seu
Envolvimento se **renovava.**
E aos poucos a sua inspiração
Tornava-se **minguante**,
E os sentimentos que a torturaram
Tornaram-se brilhantes
E, desta vez,
Ela estava novamente **cheia,**
Cheia de amor e admiração

Cheia de renovação
E seu coração.
A cada dia se tornava
Mais **crescente,**
E uma pessoa **nova,**
Ela se tornou,
Pois ela se encontrou,
E seus sentimentos de antes
A cada dia estavam
Mais **minguantes.**

Quatro eternas e simples estrelas
E lá estávamos nós,
Sozinhas,
Sem mais companhia,
Sem nos preocupar
Com o que iriam achar
Ou o que iram pensar
Se viessem duas garotas
Com um amor a se espalhar
E dois garotos
Se titular apaixonados,
Que falava
O que pensava
Sem se preocupar.
Nós quatros poderíamos

Ser apenas
Simples estrelas
Em galáxias inteiras,
Mas todos os átomos
De nossos corpos se acendia
Como quarenta mil sois.
E cinquenta mil lareiras,
E, mesmo que o tempo parasse,
Não era coisa para se preocupar,
E se cada um de nós ali
Permanecesse

Tudo iria continuar
Com a mesma intensidade
Que sempre estávamos.

AUTORAS

B.R.S.R.

I.K.S.S.

M.G.S.A.S.

M.R.S.S.

V.F.L.

MAX

"De onde viemos? Para onde vamos? Estamos sozinhos aqui? São perguntas que sempre nos fazemos e que ecoam sem resposta no imenso vácuo do universo".

APOLLO XI

Quarta-feira, 16 de julho de 1969. Tudo começou quando seus pais decidiram levá-lo para acompanhar de perto o lançamento da Apollo 11 ao espaço, não sabiam mais o que fazer para ajudar o filho que estava passando por uma fase muito difícil, não saia mais de casa, nem parecia o mesmo de antes, era cada vez mais difícil vê-lo sorrir.

Max era um garoto fascinado pelo espaço, muito à frente de seu tempo, imaginava como seria ir a lugares que ninguém jamais foi e conhecer o inimaginável. Quando não estava na escola, passava a maior parte do seu tempo criando e ilustrando suas histórias fantásticas, tinha imaginação de sobra. Apesar de muito sonhador e distraído, era um ótimo aluno, ao contrário dos outros garotos de 14 anos, adorava física, fazia questão de entender como tudo a sua volta funcionava e via o mundo de seu próprio jeito.

Naquele dia Max estava muito eufórico, nunca havia visto um foguete tão de perto, não perto o suficiente para sentir o calor das turbinas, mas conseguiu observar com clareza através de seu binoculo, quando Collins, Aldrin e Armstrong partiram a bordo da enorme nave Apollo 11, naquela luminosa manhã de domingo.

Seus pais não conseguiram conter a felicidade, pois a muito tempo não o viam sorrir.

007

Fim de tarde, domingo, 20 de julho de 1969. Max havia esperado por esse dia a semana inteira.

Sua mãe entra em seu quarto repentinamente, Max estava dormindo sobre o tapete, embora fosse bonito e cheio de estrelinhas, o tapete não parecia nada confortável, o chão do quarto estava repleto de desenho inacabados e livros espalhados por todo lado, a mesma bagunça de sempre.

Max tinha o sono leve e havia dormido a tarde quase toda e, ao ouvir o barulho da porta, logo despertou.

– Aluguei esse smoking lindo para você ir ao baile – disse sua mãe, colocando a roupa sobre a cama.

Ele não parecia muito feliz, estava praticamente sendo obrigado a ir para o tal baile, seus pais sempre falavam que ele precisava fazer novos amigos.

– É até bonitinho – Max falou ao olhar a roupa.

Apesar de não querer ir ao baile e muito menos usar aquela roupa engomadinha estilo 007, ele apenas concordou, pois percebia o quanto seus pais estavam se esforçando para agradá-lo e vê-lo feliz.

O BAILE

Max chegou à festa se sentindo o próprio James Bond, imaginava que a qualquer momento surgiriam caras armados e que começaria uma luta épica.

Ele só pensava em chegar a tempo em casa para ver a chegada do homem à Lua, que seria transmitida ao vivo na TV, estava muito animado, tinha esperado e imaginado esse momento desde que viu a Apollo 11 partir, não aguentava mais imaginar como era a Lua, ele sabia que não era feita de queijo, mas queria ver com os próprios olhos a forma e a aparência dela.

Quando entrou no salão só conseguiu reparar na decoração, o tema do baile era "viagem ao espaço", começou a perceber como os planetas de isopor do sistema solar, que decorava o teto, estavam totalmente errados em cor e tamanho, Saturno estava extremamente maior que Júpiter.

Finalmente quando decidiu esquecer que era perfeccionista e parou de reparar os enormes erros no sistema solar de isopor, começou a olhar as pessoas em volta, pareciam todas iguais como se estivessem atuando em uma peça escolar, não eram nadas originais, a maioria dos adolescentes que ali estavam insistiam em se comportar como adultos.

Max, então, decidiu se sentar em uma das cadeiras próximas à mesa de doces, a cada minuto que passava ali sentado observando as pessoas, ele percebia o motivo de ser tão antissocial.

Apesar de querer agradar seus pais tentando ser mais social, estava quase indo embora daquele lugar. Pegou seu bloquinho de desenhos que sempre guardava no bolso da calça e começou a desenhar para passar o tempo.

Quando se deu conta estava observando uma garota de vestido amarelo, ela parecia se aproximar cada vez mais.

– Oi, Max – falou a garota animada.

– Oi – respondeu tímido.

Encarou a garota rapidamente e lembrou que já havia a visto antes. Há algumas semanas ele percebeu que sempre que saia da sala de aula, ela ia olhar os desenhos que ele fazia nas carteiras.

– Você é a Emi, não é? – perguntou, muito nervoso.

– Sou, estudamos na mesma sala – Respondeu, animada.

A garota ficou em silêncio alguns segundos, como se esperasse algo. Depois de um tempo o encarando ela falou:

– Quer dançar?

Max não sabia o que responder, não fazia a mínima ideia de como se dançava, ficou congelado.

Emi viu que ele estava muito nervoso e o puxou até a pista de dança.

Naquele momento, muito nervoso e com vontade de sair correndo, Max não sabia o que fazer, começou a mexer o corpo e fazer movimentos desengonçados e aleatórios. Emi parecia se divertir enquanto tentava ensinar alguns passos para ele. Parecia que já se conheciam a vários anos, ficaram se perguntando o porquê de nunca terem se falado antes.

Um garoto se aproximou e esbarrou em Max

– Por que você está com a minha garota? – falou um grandão, em tom autoritário.

– Sua garota? Quando aceitei vir ao baile com você, não imaginava que era tão babaca – respondeu Emi, interrompendo o valentão.

Max não queria passar uma má impressão, sentia que devia defendê-la, decidiu dar uma de James Bond.

– Ela não é sua garota! Pode dançar com quem quiser.

O clima ficou tenso, o garoto já estava se preparando para a briga, Max nunca havia brigado, mas sentia que não deveria voltar atrás. Eles estavam prestes a resolver as diferenças, quando o diretor Jonas apareceu com seu terno azul-marinho.

– Algum problema Sr. Roni? – perguntou, arrastando o valentão para fora do salão.

Quando finalmente o garoto inconveniente foi colocado para fora da festa, Max e Emi continuaram dançando como se nada tivesse acontecido.

SOZINHO NA FLORESTA

Eles ficaram juntos a festa inteira, Max parecia ter feito uma nova amiga. Ele se despediu de Emi enquanto ela entrava no carro do pai, o pai dela olhou rapidamente para Max através da janela do carro e sorriu.

Max morava a três quarteirões do colégio, foi pegar sua bicicleta que estava no estacionamento. Estava tão feliz que tinha esquecido completamente da transmissão da chegada do homem à Lua, ele só pensava em como aquela noite tinha sido inesquecível, talvez a melhor que ele já teve.

Quando se aproximou do estacionamento, logo o sorriso que estava em seu rosto se foi, próximo a sua bicicleta estava Roni, acompanhado de mais dois valentões.

– Ele não está aqui agora – gritou Roni, balançando seu taco de beisebol.

Max sabia que não tinha chances de enfrentá-los, não havia mais ninguém por perto, todos pareciam ter evaporado, era só ele contra a gangue de delinquentes. Max, muito tenso e sem alternativa nenhuma, saiu correndo.

Ele já sabia exatamente para onde ir, como era um garoto solitário passava muito tempo na floresta que tinha atrás do colégio, não passava de uma pequena área de preservação ambiental. Era lá na floresta que ele encontrava um lugar tranquilo para pensar e fazer seus desenhos. Apesar de nunca ter ido lá à noite, ele conseguiu se guiar perfeitamente pelos vários caminhos confusos da floresta, era noite de lua cheia e a luz da Lua iluminava perfeitamente o seu caminho.

Max correu o mais rápido que conseguiu, até que começou a ouvir as vozes dos garotos cada vez mais longe, então, aos poucos foi se acalmando e andando mais devagar, decidiu se sentar em uma pedra grande próxima ao lago onde sentava sempre, ele sabia que os garotos não desistiriam tão fácil de encontra-lo. Ele sentou na pedra e relaxou, era uma noite fria, foi aí que ele agradeceu por usar as roupas do James Bond.

Ele não tinha se dado conta na confusão que havia se metido, começo a pensar que seus pais deveriam estar preocupados, olhou para seu relógio que marcava 22h32, foi então que ele percebeu que havia passado quarenta minutos sentados naquela pedra, se levantou e só pensava em ir para casa o mais rápido possível antes que seus pais superprotetores iniciassem uma busca pela cidade. Começou a andar o mais rápido que podia, o caminho parecia ter ficado maior.

A DESCOBERTA

Max estava quase na metade do caminho, até que percebeu que havia uma estranha luz neon verde, que era refletida nas árvores, ele não conseguia identificar de onde ele vinha realmente, como era curioso não conseguiu sair de lá sem antes encontrar de onde vinha aquela luz.

Começou a andar para todas as direções e sentido, até que viu um local em que a luz parecia ser mais forte, foi se aproximando lentamente, a luz ia ficando cada vez mais forte, tão forte que ele não conseguia identificar muito bem o que havia em sua frente. À medida em que ia se aproximando do enorme objeto desconhecido que emitia luz, Max se sentia mais animado, sentia-se como se estivesse preste a fazer uma grande descoberta.

Foi seguindo em frente até que o objeto se tornou totalmente visível, seu brilho era indescritível, parecia estar vivo, como se estivesse coberto por milhares de vaga-lumes. Max nunca tinha visto nada parecido, nem mesmo em suas histórias em quadrinhos e ficção científica, era uma estrutura triangular muito luminosa que parecia não encostar no solo [...].

AUTORES

C.E.A.L.

J.L.S.J.

A PÍLULA ANTIGRAVIDADE

Em um certo dia, uma equipe de estudantes resolveu fazer uma invenção de produzir uma roupa que voasse.

Nessa equipe estava o físico, Kleber Pout, o biólogo, Mário Goler e a química, Maria Maver. Eles tiveram um tempo para fazer uma pílula que fizesse com que uma pessoa flutuasse.

Ao decorrer dos dias, Maria teve a ideia de colocar gás hélio na roupa, a química foi mostrar a ideia para a sua equipe e todos acharam uma ideia boa; com isso, o físico, por sua vez, começou a calcular qual quantia de partícula do gás era necessária para suspender a massa corporal de um pessoa de 60 quilos. Nisso, os três começaram a produção do traje, fizeram a primeira peça da roupa, que foi a calça, depois a camisa e, por último, o sapato, e foram fazer o primeiro teste do uniforme, mas parece que não deu muito certo, voltaram cedo para o laboratório onde estudavam, colocaram mais uma certa quantia do gás e voltaram para o lugar onde estavam sendo feito os testes. Bom, dessa vez a pessoa tinha voado bem mais alto do que antes, mas ainda não era o suficiente para o que eles queriam. Logo após, todos eles foram para o alojamento onde foram pensar em uma maneira de voar mais alto, com isso, a química e bióloga começaram a pensar em uma coisa para a altura que eles queriam que fosse maior. Tiveram uma ideia de produzir uma pílula antigravitacional.

Os dois foram estudar sobre isso: estudaram noite e dia para desenvolver, começaram a fazer experimento, trabalharam muito, até que no outro dia, de madrugada, os dois já estavam com a pílula pronta e eles saíram para fazer o teste em animais, para ver se não dava nenhum efeito colateral. Feito isso, o primeiro animal a ser feito o experimento foi em um rato, depois partiram para um animal com a massa maior, que foi um gato etc.

Assim, passaram um bom tempo fazendo ajuste na pílula, enquanto isso o físico procurava uma pessoa com uma massa menor para subir mais alto; nisso, uma mulher com o peso de 50 quilos foi ideal para a experiência e disse que tinha coragem de participar com a equipe. Já com tudo pronto, roupa e a pílula, foram fazer um teste em um lugar aberto e sem a presença de muitos fios elétricos, com uma equipe de primeiros socorros pronta caso desse algo errado. Feitos todos os preparatórios, a mulher vestiu a roupa e ingeriu a primeira cápsula da substância, rapidamente ela começou a subir e subir até que chegou a uma altura de um edifício de dois andares, sendo controlado o seu voo com cordas, ela passou um bom tempo em altura até que veio a cair, rapidamente, na cama inflável; a equipe veio falar com ela, só que ela demorou um pouco para responder.

A turma já estava preocupada, até que ela fala:

– Eu estou bem, gostei de muito de ter voado sem ser preciso de nenhum equipamento tipo avião ou similares.

A equipe ficou alegre por ter realizado uma invenção fora do comum e com o resultado dela.

AUTOR

K.J.S.S.

UM REENCONTRO ESPACIAL

Era uma, vez numa pequena cidade, um homem chamado Rodrigo, que era físico e químico, tinha um filho chamado Leandro. Rodrigo tinha uma esposa chamada Isabel, ela era astrônoma, depois se tornou astronauta e em sua primeira viagem acabou perdendo contato com a Terra e desapareceu no universo. Depois desse acontecimento, Rodrigo começou a se dedicar mais a seu filho que sempre admirou a profissão da sua mãe.

Todos os sábados, os dois iam passar o dia juntos em uma chácara, até que certo dia, Leandro encontrou algo pesado, que parecia ser de ferro ou outro metal parecido. Logo após Leandro ter visto o objeto, chamou o seu pai para analisar o que era. Quando o pai dele chegou, viu que era uma peça do foguete onde sua mulher viajou. Então Rodrigo levou o objeto para sua casa e passou vários dias pensando nisso, até que ele decidiu ver se tinha algo no objeto e descobriu um áudio de sua mulher pedindo socorro, pois estava prestes a chocar-se com um planeta estranho em forma de um cubo.

Rodrigo decidiu construir um foguete, então chamou vários amigos que eram cientistas e pessoas para conseguirem montar o foguete. Rodrigo, sendo físico e químico, ganha muito dinheiro e por isso conseguiu montar o foguete. Quando o foguete ficou pronto, chamou mais três amigos: o Marcos, o George e a Nina, que no mesmo dia embarcaram, mas, sem perceber, o Leandro, filho de rodrigo, conseguiu entrar no foguete e viajar junto ao seu pai e os outros três.

Depois de quatro dias viajando, eles acabaram entrando em um buraco negro, descobriram que Leandro estava a bordo e começaram a questioná-lo. Depois de toda essa confusão, entraram em outro buraco negro e lá encontraram um planeta com uma forma cúbica onde poderia estar a mulher de Rodrigo. Entrando nesse planeta viram vários animais que morreram há milhares de anos na Terra, como os dinossauros e também encontraram muita água e oxigênio. O planeta não girava em torno de si mesmo, então, metade dele era claro e a outra metade escura. Nesse lugar onde eles aterrissaram havia um sol que era um pouco menor do que o planeta.

O planeta era composto por um gás que não deixava você envelhecer, então se a mulher de Rodrigo estivesse nele ela estaria a mesma que ele havia visto pela última vez. Assim que chegaram, andaram muito, e caminhando acharam algumas peças do foguete e andando mais à frente viram o resto do foguete perto da outra parte do planeta, que é escura. Então, de repente, ouviram um grito bem forte de uma mulher e logo em seguida um uivado bem forte de um bicho ou um mostro. Todos eles entraram nessa parte escura do planeta e foram atrás dos sons que haviam escutado, com várias lanternas grandes que podiam clarear muito. Andando mais um pouco acharam uma construção que parecia ser de um castelo, entraram nele e lá encontraram seres, que pareciam com os humanos, mas esses seres eram todos deformados e que em seguida correram atrás dele. Rodrigo pensou numa ideia para escapar deles, ele correu para fora para poder ver melhor esses seres e quando eles passaram, começaram a pegar fogo e morreram.

Logo após Rodrigo, Leandro e os seus amigos voltaram até lá novamente. No centro do castelo viram um monstro com oito cabeças e dez pernas, que parecia com um dragão, mas não tinha asas e do outro lado do monstro estava a mulher de Rodrigo. Assim que viram o monstro, correram para um lugar seguro e lá pensaram em como poderia salvar Isabel, a mulher de Rodrigo e mãe de Leandro. Antes de chegar no castelo, Leandro viu que os dinossauros podiam derrotar o monstro, então ele e seu pai foram e buscaram alguns dinossauros e, assim que eles chegaram, os dinossauros atacaram o monstro e o mataram.

Assim que o monstro morreu, o planeta começou a se partir e se destruir, Isabel, Rodrigo, Leandro e Marcos conseguiram retornar para o foguete a tempo, já George e Nina não conseguiram e desapareceram junto ao planeta.

No fim, não conseguiram chegar à Terra e ficaram no espaço, mas após um mês foram sugados por um buraco negro e chegaram na Terra, onde viveram até o fim de suas vidas.

AUTORES

M.G.S.

S.S.B.

M.A.S.

K.R.A.S.

T.G.M.

SEGREDOS

Em uma tarde de verão os amigos, Gabriel, Miguel, Rafael, Natan e Makeyla, estavam estudando para suas devidas provas, que aconteceriam na semana seguinte.

Rafael: Pessoal, vocês sabiam que a física é dividida em física clássica e física contemporânea?

Miguel: Dessa eu não sabia! E qual é a diferença de uma para outra?

Gabriel: É que a física clássica se baseia no método científico de Galileu Galilei.

Rafael: E a física contemporânea possui um método de construção diferente do científico em diversos sentidos e mais abrangentes que ele.

Natan: Nossa! Você realmente estudou, hein, Rafael, e você também Gabriel!

Gabriel: Por mais que física não seja minha praia, tive que aprender

Makeyla: Gente, quem é Roger Bacon?

Rafael: Ele foi um filosofo, teólogo e cientista medieval inglês. Ele descreveu o método científico como um ciclo composto de observação, hipótese, experimentação e verificação independente. Ele ainda registrava com detalhes precisos seus experimentos, a fim deque outros pudessem reproduzi-los e testar os resultados. Também era conhecido como doctor mirabilis, do latim "doutor admirável".

Natan: Realmente, você é com certeza uma das pessoas mais inteligentes que conheço quando o assunto é físico.

Rafael: Obrigado Natan, mas... Makeyla onde você ouviu fala sobre esse cara?

Makeyla: Na escola, onde mais?

Gabriel: Makeyla, fala a verdade. Eu sei que você e o Natan estudam juntos e que lá não tem professor de física. Então onde você ouviu falar sobre esse físico?

Makeyla: Em algum lugar. Tenho que ir, está ficando tarde.

Makeyla então sai correndo e acaba esquecendo seu diário no chão do quarto dos trigêmeos (Miguel, Rafael e Gabriel), ação essa que Natan percebeu que existe algo em sua amiga que ela nunca contou, deixando-o curioso sobre o que seria e mais curioso ainda ao perceber que ela esqueceu seu diário lá.

Natan: Gente, ela esqueceu o diário aqui.

Dark: Acalme-se, Makeyla! Eles não vão ler seu diário, seria antiético.

Makeyla: Assim espero. Porque se eles lerem vou estar ferrada, todo meu segredo, tudo sobre nós vai estar em risco.

Dark: Eu sei, mas... Gabriel acabou de marcar uma reunião no café perto da casa do Natan, amanhã bem cedo.

Makeyla: Tô ferrada...

Dark: Vá dormir, enquanto eu marco sua presença na reunião.

Makeyla: Obrigado Dark.

No outro dia bem cedo Makeyla acorda, se arruma e sai de casa para ir a reunião, quando chega no café todos já estão à sua espera. Ela se senta ao lado de Natan, sem falar nada.

Gabriel: Marquei essa reunião pois a integrante Makeyla está quebrando uma regra extremamente importante do grupo, o que tem a dizer em sua defesa?

Makeyla: Eu... Realmente, estava escondendo algo.

Rafael: O quê?

Makeyla: Eu não posso contar, pelo menos não agora.

Natan: Ela é uma inteligência artificial, programada para encontrar e levar gênios para algum lugar.

Miguel: Como você sabe disso Natan? E você realmente acha que é verdade?

Makeyla: Ele leu meu diário e sim, o Natan está certo, sou uma inteligência artificial e sou programada para levar vocês quatro a Nerd³.

Gabriel: O que é Nerd³?

Makeyla: É uma escola onde apenas Gênios são levados.

Rafael: Legal. Onde ela fica?

Makeyla: Segredo.

AUTORA

V.B.

A CONSEQUÊNCIA

O doutor Robert Nivele é um cientista brilhante. Certo dia, em dezembro de 2012, Robert estava em seu laboratório em uma experiência secreta: z-vírus. Ele conseguiu então finalizar, testando em cachorro da raça *pitbull*, assim ele colocou outros dois cachorros juntos com o infectado e em poucos minutos ambos foram dilacerados, a aparência dos animais era de olhos vermelhos cheios de veias e brutalidade.

Robert precisava viajar por algumas horas, pois dava palestras sobre drogas e, como sempre, deixava o seu laboratório com seu ajudante fiel chamado de Wiliam Bill. Então, em uma das suas arrumações, Wiliam, com seu jeito desastrado de sempre, deixou uma das amostras cair, no desespero tentou limpar e acabou inalando. Horas depois, quando o Dr. Robert voltou ao laboratório, encontrou Wiliam caído e foi ajudar, mas Wiliam abriu seus olhos vermelhos e atacou o Dr., que, por sua vez, saiu correndo. Escondendo-se, pôs as mãos na cabeça e perguntou para si mesmo: o que foi que eu fiz?

Wiliam saiu para a cidade e o vírus se proliferou. A terrível descoberta de Robert havia infectado cerca de oito milhões de pessoas, a cidade de Nova York estava totalmente devastada, porém Robert descobre que as pessoas infectadas (zumbis) só atacavam pessoas saudáveis, resolve criar um antídoto e agora estava preocupado em salvar as pessoas que havia condenado, assim, criando o antídoto.

As cidades civilizadas tornaram-se um cenário de horror. Como nos filmes, a Terra inteira se tornou o circo dos horrores, pessoas correndo e gritando, até crianças, jovens correndo sem braços tentando escapar, outros sem as orelhas, sem nariz, eles riam sem querer por conta do lábio superior, que havia sido arrancado, policiais zumbis. Até as forças armadas, agora eram soldados do z-vírus. O mais espantoso era que os zumbis não eram tão irracionais, porque no meio deles havia uns montados a cavalos zumbis, estes eram generais do antigo exército. Agora comandantes zumbis. Eles falavam poucos, mas se estendiam entre si. Iniciava-se uma nova guerra.

Robert tinha dois filhos: Jonh e Paul. Paul era o filho revoltado porque não tinha a atenção do pai. Robert estava sempre em seus projetos e sempre mostrava a seus filhos, mas Paul odiava isso, ele queria sair, pois se sentia preso. Já Jonh, era o filho tranquilo e responsável, fazia de tudo para agradar ao pai e o amava muito por isso, o que despertou em Paul a inveja. Diante disso Paul desenvolveu um mau caráter dentro de si. Foi então que Paul, aproveitando a confusão com Wiliam no laboratório, pegou todas as amostras e negociou com exércitos de outros países e com o mercado negro. Vendeu tudo, logo todos viram que a guerra que se iniciou foi por conta de um jovem desastrado e um adolescente revoltado.

Jonh, o filho mais velho de Robert, mesmo em meio a toda aquela confusão, conseguiu se manter tranquilo e o que seu pai não sabia era que Jonh carregava no seu sangue a cura para toda aquela guerra. Foi aí que certa vez, Robert viu da fortaleza em que estava seu filho Jonh, era atacado por um zumbi, mas algo aconteceu. Algo que logo mudaria todo rumo daquele conflito. O zumbi, ao morder Jonh e provar do seu sangue, caiu e começou a se debater. Em alguns minutos ele voltou a ser novamente humano, foi aí que Robert descobriu que o sangue de Jonh era a cura para o z-vírus. Robert foi buscar Jonh, recém-curado, e do sangue de Jonh ele fez uma vacina anti z-vírus. Quando ele conseguiu atirar um dardo, com o sangue de Jonh, no líder dos zumbis, ele foi curado. Assim, ele pegou um míssil e lançou com a cura através do ar e todos foram curados. Um novo sol apareceu dizimando as trevas.

O filho de Robert, Paul, foi preso e condenado à prisão perpétua sem direito a visitas, Wiliam voltou ao normal e se desculpou, Robert permitiu que ele voltasse ao laboratório, mas com uma função de menos responsabilidade, para evitar que acontecesse outras tragédias. Jonh agora assume a empresa de seu pai, a Antivírus Corporation, como presidente ele é o responsável por todas as vacinas de cura das doenças. Robert, agora junto com Jonh, fazem projetos de vacinas de curas e Robert resolveu nunca mais fazer experiências como o z-vírus.

AUTORAS

A.C.S.B.

J.R.M.M.

V.P.M.S.

O PORTAL DE BENJAMIN

Um jovem cientista chamado Benjamin, estava caminhando e pensando em seu pai, que foi a uma missão em Marte e nunca mais voltou. A NASA, que criou o garoto, suspeitava que o pai de Benjamin estivesse morto, o garoto já estava crescido e muito esperto, quando o diretor olhou para fora e viu o menino triste sentado em um gramado, o homem se aproxima e pergunta porque tanta tristeza em um rosto tão bonito, então ele rapidamente responde, que estava pensando no pai, que era o único da família que sobreviveu ao incêndio do apartamento da família Sales.

Alguns anos se passam, o menino já está muito crescido e é convocado para fazer alguns testes, na sua primeira tentativa ele foi aprovado, mas quando chega a última prova ele pensa em desistir. Em sua mente seu pai aparece e fala para ele que não desista e cumpra a missão que ele não conseguiu, então, o garoto vai com toda sua força de vontade e consegue passar em todas as provas. Certo dia o diretor da NASA chama o jovem para planejarem uma reunião sobre uma missão no planeta Júpiter, todos os envolvidos concordam com a missão, jornais espalham a notícia para o mundo inteiro, mas poucos acreditam que essa missão possa dar certo e ficam abismado com a decisão dos astronautas.

A nave parte com os quatro astronautas. Depois de alguns anos viajando pelo sistema solar, eles finalmente chegam ao lugar desejado, descem da nave e começam explorar o local, logo eles percebem que lá é muito frio e vão para um módulo montado no planeta, vários meses de pesquisa eles já estão a vários quilômetros de distância da base, quando eles avistaram uma grande rocha, um pouco estranha e meio diferente de tudo o que já tinham visto na vida, aproximam-se da rocha e acham uma pequena pedra como se fosse um diamante com sete lados. Benjamin pega a pedra na mão e ela reflete um brilho forte, era tão forte que eles tiveram que fechar os olhos, os astronautas abriram os olhos e viram uma nuvem parecendo um buraco negro. Com medo, dois deles saem de perto, mas Benjamin, por ser muito curioso, resolve entrar na nuvem negra, ele é puxado para dentro do buraco e os três tripulantes assustados e com medo de entrar na nuvem negra, resolvem entrar, o garoto sai do outro lado da nuvem, abre os olhos e logo vê a beleza do outro lado da nuvem que ele entrou, os outros companheiros logo chegam lá e todos ficaram de boca aberta com a beleza do local.

O garoto com os olhos brilhando, diz: "vamos explorar esse novo mundo", eles saem a fim de encontrar sinais de vidas naquele local.

Já andando há alguns dias, encontraram algumas roupas de astronautas jogadas no chão e Benjamin rapidamente pensa em seu pai, começa a gritar o nome dele, um homem aparece e se identifica como Albert, que, por sua vez, era o pai do garoto, eles andam juntos pelo mundo em que estão. O menino, como sempre curioso, pergunta como era viver ali e o pai responde que era muito horrível, pois apesar da beleza, não tinha alimentos e que o frio durante a noite era perturbador.

O tempo determinado pela NASA para o término da missão já está acabando e eles terão que usar todos os conhecimentos para saírem daquele local. Olhando para a pedra que acharam, viram que tinha sete lados e um estava faltando, para abrir o portal para voltar eles teriam que encontrar a parte que faltava. Os astronautas encontram e conseguem voltar para Júpiter, eles chegaram até a nave tentaram comunicação com a NASA e informou que tinha encontrado o seu pai. Na Terra a comoção era grande em saber que Albert estava vivo, a nave parte de volta à Terra e todos os esperam. Passados alguns anos a nave chega à NASA e todos aplaudem a equipe de astronautas, o diretor, então, chama os envolvidos na missão para saber onde eles encontraram Albert. Benjamin fala que o encontrou elo perdido em um portal e o diretor ficou sem palavras, mas respondeu que iria fazer uma nova missão para estudar mais sobre esse portal, Benjamin largou a profissão de astronauta porque queria aproveitar o tempo que ele perdeu longe do seu pai, que era o único que ele tinha naquela vida.

Turma: 1º E

Curso: Segurança do Trabalho

Cotidiano: ciências

Era um dia comum na minha semana.
Daqueles que não acontece algo diferente,
nada que eu pudesse achar atraente.

De volta para casa,
naquele ônibus cheio, comecei a pensar e analisar.
E, assim, meus pensamentos se encarregaram
de me fazer voar.

Pude observar, uma senhora que não parava de reclamar.
O motivo de sua reclamação
era todo aquele calor que entrava,
causando insatisfação.

Foi nesse momento
que pensei o quão
importante é a astronomia,
que nos esclarece as características
da nossa maior fonte de energia.

Seguindo o caminho,
um cheiro forte pude sentir,
logo à frente estava um carro

que me colocou novamente a refletir.

Refletir sobre toda aquela fumaça,
que o carro, ao se mover, liberava!
Pensei e logo me veio também
a importância da química,
que nos ajuda a compreender toda a fumaça,
que aquele bendito carro soltava.

Foi ao tentar me distrair
que observei logo ali,
uma extensa ponte
que se iniciava logo após uma belíssima fonte.

Os pensamentos diferentes,
ainda presentes.
Me fazendo assim, questionar como saberíamos
quantos metros aquela ponte teria,
se não usássemos a matemática no nosso dia a dia.

Já no fim do percurso,
Cheguei à conclusão do quão importante
É a ciência,
responsável por toda e qualquer informação,
que nos ajuda a ter noção.

Noção de coisas que nos rodeiam a cada dia,
Nos trazendo sabedoria.
E assim, nos ajudando a entender
coisas que são essenciais
para viver.

AUTORA

M.B.S.

A viagem para o Universo Paralelo

Era uma vez um homem chamado Peter, que morava em uma pequena cidade, dia após dia ele tentava criar ideias para fazer viagens ao futuro, foi aí que ele teve uma ideia de fazer uma máquina do tempo.

Trabalhando sem parar, dias e noites, construindo sua máquina, ele termina seus detalhes finais para no dia seguinte fazer seu primeiro teste.

No dia seguinte ele fez seu primeiro teste, mas algo dava errado e ele não conseguia prosseguir com seus objetivos, até que depois de muita persistência, dias depois de suas tentativas frustradas, ele conseguiu fazer uma viagem no tempo.

Chegando lá, ele se surpreende com as tecnologias avançadas dos seres humanos, ele andou por cidades, ruas e lugares desconhecido.

Parando em uma ponte e sentou-se na beira, exausto, quando passou uma moça muito bonita chamada Loren, encantado com a beleza da moça a chamou para perguntar algumas coisas a respeito das tecnologias e em que ano eles estavam...

O tempo foi passando e ele já tinha esquecido que o seu tempo de volta estava acabando, desesperado sem saber o que fazer, Loren percebe Peter inquieto, mal sabia ele estava apressado para voltar ao presente, os minutos estavam passando e quando se deu conta faltavam apenas 10 minutos para voltar.

Loren, sem entender nada, perguntou o que estava acontecendo ele começou a explicar, mas ela não aceitou e o chamou de louco, ele pediu uma chance para provar, mas o tempo acaba e ele partiu sumindo em sua frente.

Peter, ao chegar ao presente, angustiado, pois estava apaixonado por Loren, tentou viajar para o futuro novamente a todo custo e acabou não percebendo que seu mundo não era mais o mesmo.

Sua família e amigos havia sumido há 4 meses, Peter achou que estava ficando louco ou que a máquina deu defeito e o levou para o futuro da viagem que fez. Peter, sem saber o que fazer, saiu de casa e foi a o mesmo lugar onde encontrou Loren no futuro.

Quando uma bela moça se aproximou e tocou em seu ombro, chorando, Peter olhou para trás e se assustou com o que viu: era Loren, ele se pergunta como isso é possível, perguntou se ela o reconhecia, mas a moça nega pois não era Loren e alega nunca o ter visto antes.

Peter ficou sem reação, a moça caminhou até um rapaz, com uma criança em seus braços e Peter, se deparando com aquela situação, olhou nos olhos do rapaz, o seu rosto era muito familiar. Peter pergunta o nome do rapaz, que responde dizendo "Peter", achando tudo muito estranho, mal sabia ele que esse rapaz era ele, e que a criança era seu filho, pois ele não se casou com Loren mais sim com a irmã gêmea dela, Peter do presente chocado e muito confuso sente uma dor forte no peito, percebeu que nunca voltou para o presente, pois quando o seu tempo de volta acabou, sua máquina quebrou, deixando-o preso em outra dimensão. Peter havia viajado para um universo paralelo achando que era o futuro.

AUTORES

V.M.T.S.

J.L.T.O.

UM GRANDE ASTRÔNOMO

No século XVIII em Munique, na Alemanha, existia uma família de camponeses, essa família teve um filho e lhe deu o nome de Mário Muller, em homenagem ao seu avô Thomas Muller.

E esse menino foi crescendo na fazenda dos seus pais, e brincando muito com as crianças do lugar durante o dia. Mas quando a noite chegava Mário ia para o fundo da sua casa e se deitava no capim para admirar as estrelas. O seu encantamento era tanto que às vezes acabava dormindo lá mesmo, e o seu pai o trazia nos braços para sua cama.

O seu pai vendo o gosto do seu filho pelas estrelas, não sabia responder quando ele lhe perguntava: "O que são estrelas?". Quando Mário completou 10 anos, o pai dele resolveu colocá-lo numa escola de astronomia perto de onde eles moravam, e Mário era muito estudioso e dedicado, sempre interessado e curioso com a astronomia.

Quando Mário completou 15 anos, sua família fez uma grande festa e lhe deram um telescópio de seu avô, que era astrônomo, o telescópio que teve uma grande função na sua vida por deixá-lo mais próximo das Estrelas e mais curioso sobre suas novas descobertas.

Seus amigos usavam o telescópio, mas não conseguiam admirar as estrelas da mesma forma que Mário, que conseguia observá-las com amor

Por conta dessa admiração, ele ficou com mais dúvidas e outras perguntas sem resposta. Resolveu conversar com seu professor de física, e perguntou-lhe o que era uma estrela, o professor lhe respondeu estrela é um astro que tem luz própria, calor próprio e que mantém a posição relativa na esfera Celeste. Mário questiona sobre as estrelas coloridas, e o professor lhe falou sobre uma estrela vermelha gigante e Luminosa de uma massa pequena ou intermediária entre 0, 5 e 10 de massa solares, numa avançada evolução estrelar.

Mário ouvia tudo o que seu professor lhe falava sobre as estrelas com muita atenção e à noite continuava a observar e a estudar as estrelas.

Sua família acreditava sempre no que ele dizia, que se tornaria um astrônomo. Aos 18 anos Mário comunicou à sua família a vontade de ser astrônomo e que precisava estudar fora. O sonho de Mário começava a se realizar, a sua família lhe entregou todas suas economias para pagar suas despesas e, assim, Mário foi estudar numa grande universidade astronomia em Atenas, na Grécia. Depois de algum tempo se formou e começou a ganhar muito dinheiro com seu trabalho, fez grandes descobertas sobre novos planetas e luas.

Assim conseguia mandar dinheiro para ajuda sua família mesmo estando longe, Mário foi convidado a participar de um encontro de astrônomos de todo mundo em Milão, na Itália, onde mostrou suas descobertas para todos os astrônomos que estavam presentes. E ficou cada vez mais famoso com seu trabalho, mas Mário tinha saudades de sua família e ele sabia que os pais dele estavam velhos e doentes precisando dele, por causa disso, Mário decidiu se aposentar e voltar a morar com seus pais. Depois de alguns meses seu pai morreu e alguns dias depois sua mãe. Decidiu, então, usar o dinheiro que ele arrecadou durante anos para construir uma escola de astronomia com seu nome, em Munique.

Em 1.800 Mário, já cansado e velho, foi a óbito, mas antes dele morrer deixou uma carta dizendo: para todos aqueles que amam a astronomia como eu amei deixou minha fortuna para a escola astronômica Mário Muller.

AUTORES

L.S.S.

W.P.N.

W.P.N.

J.L.P.S.

Planeta X25

Em um dia, no ano de 2134, uma turma de alunos do 1º ano do ensino médio sofreu com um experimento que foi feito pelo Dr. Arnold, que queria provar sobre a existência de um planeta apelidado de X25, pois ele acreditava que nesse planeta haveria vida.

E certo dia no seu laboratório da escola Mallory, aconteceu uma surpresa, graças aos estudos científicos o doutor conseguiu identificar algo que batia com sua teoria sobre a vida no outro planeta. Ele decidiu mostrar primeiramente aos seus alunos que ficaram muito surpresos com o resultado de sua pesquisa. Uma série de alunos ficou interessado, mas teve um grupo de 4 alunos que teve grande curiosidade sobre o assunto. Um desses garotos se chamava Victor, que achou isso tudo uma besteira, pois ele acreditava que tudo que o doutor falou era mentira e que não haveria vida no planeta X25, pois anos atrás ele mesmo estudou e com suas pesquisas conseguiu provar que não havia vida. Com seu estudo ganhou muitos prêmios e não queria perdê-los para o Dr. Arnold. Mas 3 dos seus melhores alunos acreditavam na pesquisa do seu professor e começaram a ajudar. E com o passar do tempo a teoria começou a ganhar fama e ter uma repercussão entre o mundo da ciência.

Que chamou a atenção dos outros cientistas que começaram a pesquisar sobre este assunto para saber mais informações se realmente existiria vida neste planeta.

O Dr. Arnold e seus alunos continuavam estudando cada parte desse planeta e começaram a ter grandes descobertas, como a presença de água e oxigênio que com esse descobrimento os outros cientistas começaram a acreditar no doutor.

Ao longo do tempo eles conseguiram uma parceria com uma empresa chamada Ahtyrius, com essa empresa eles poderiam criar máquinas para conseguirem chegar a este planeta.

Alguns meses se passaram e eles conseguiram mandar a primeira nave com um robô para capturar imagens e coletar rochas e a flora.

Esta máquina levou cerca de 8 anos para ir e voltar para a Terra. Quando eles tiveram o resultado fez a teoria do professor se concretizar.

Quando o robô chegou na Terra começaram a vasculhar as fotos e as rochas que ele tinha trazido desse outro planeta. Só que isso demorou muito tempo, porque o Dr. Arnold ficou muito velho, com muitas doenças e, infelizmente, não demorou muito a falecer. Todos ficaram muito tristes e pararam de fazer as pesquisas, só que demorou pouco tempo porque eles votaram com tudo, quando eles viram as fotos, ficaram impressionados com o estado desse planeta, viram nas rochas que tinham uns minerais muito parecidos como da Terra.

Com a ajuda da empresa Ahtyrius eles tiveram a grande ideia de fazer uma viagem para o planeta X25, com uma nave só com um tripulante. Eles demoraram muito a fazer essa nave e, com muitos erros, a nave não estava dando resultado, mas um dia o aluno Victor apareceu de novo acreditando que sim, que existia um planeta parecido com a Terra. Victor era o único engenheiro elétrico de todos os alunos e isso era um problema na nave, por isso que não estava funcionando e quem poderia consertar a nave era o Victor, porque ele acreditava em tudo isso.

A viagem iria demorar 200 milhões de anos-luz e tiveram que fazer essa nave com uma velocidade muito alta para demorar menos a viagem.

Tinha chegado o grande dia, dia de ir para esse planeta X25, que foi muito aguardado para o mundo todo, essa nave saiu da Terra às 14:30 e só demorou dois dias para chegar nesse planeta.

Ele saiu da cápsula estranhando como era esse planeta, o solo era de metal, tinham animais estranhos e feios, só que ele não demorou muito no planeta porque a cápsula tinha tempo de duração e a carga estava acabando, por isso que tinha que ir embora. Ele voltou e estava muito bem e não aconteceu nada de grave com o Victor.

Victor e os outros alunos tiveram uma grande ideia de fazer uma homenagem para o Dr. Arnold e colocar uma estátua dele no planeta, porque foi ele quem achou o planeta e merecia essa grande obra dos alunos

Eles tiveram a ideia de fazer uma nave muito maior para levar todos os alunos e, claro, a estátua do Dr. O Victor. Então, começou a conversa com os outros alunos:

— Vamos para esse planeta só para uma coisa, colocar essa estátua do nosso querido Arnold.

Eles conseguiram fazer esta nave e foram para o planeta X25, a nave tinha mais carga e poderia demorar mais no planeta. Saíram do planeta na velocidade da luz.

Finamente chegaram e colocaram a estátua. Ela era muito leve, não pesava 10 quilos. Fizeram uma homenagem linda, tiraram fotos, colocaram objetos que o professor tinha dado para todos os quatro.

Felizes voltaram à Terra, deram várias entrevistas e voltaram a trabalhar com a vida normal de todos os dias.

AUTORES

J.V.L.S.

J.P.S.

A.B.S.J.

R.R.O.L.

A salvação

No ano de 2020 um grande astrônomo é dono de uma empresa de criações de foguetes, Piter Husbet. Descobriu que o mundo estaria acabando num prazo de duzentos dias, um planeta oculto do Universo iria se chocar com a Terra e seria uma destruição imensa capaz de matar a vida humana na Terra.

Ele tentou criar um imenso ônibus espacial com a ajuda do Pentágono e da NASA, mas em pouco tempo, esta obra seria quase impossível de estar pronta a tempo do choque. O Pentágono não confiava nele e, no tempo de prazo, o Pentágono já estava disponível em aceitar o fim da vida, pois eles não poderiam fazer nada.

Como Piter tinha uma ideia e o projeto já feito do ônibus, pediu para o Pentágono vinte barris de urânio enriquecido para os compressores. Ele chamou seus homens mais confiáveis e mais rápidos e os EUA chamaram muito técnicos de construção da NASA para fazer este ônibus em menos tempo possível para um planejamento, pois no ônibus do caberia 160, quantidade certa para restabelecer a vida humana.

No dia 122 foi o dia em que o ônibus ficou pronto em um tempo recorde. Os EUA fizeram uma seleção de 160 pessoas sem doenças e de raças diferentes, que duas semanas depois foram escolhidos e escondidos, para o resto do mundo não saber do choque. Estas pessoas ficaram muitos tristes, pois seus familiares iriam morrer.

Faltando 10 dias para o lançamento, o Pentágono fez outro cálculo de onde estava o planeta e descobriram que, no meio do tráfego, o planeta acabou sendo atingido por um meteoro que acabou mudando o trajeto do planeta. O Pentágono logo avisou para as 160 pessoas que não haveria mais a viagem, pois o trajeto do planeta foi alterado. Com a notícia, Piter acabou ficando muito feliz, pois sua construção não serviria mais, ele pegou seu ônibus e criou uma linha para viajar no espaço por uma semana. Acabou ganhando muito dinheiro e ficando mais famoso ainda por ser o primeiro a fazer uma linha de ônibus espacial. Piter resolveu chamar as 160 pessoas para inaugurar seu primeiro ônibus espacial e viajar com tudo pago.

AUTOR

J.M.S.

Mistérios do Universo

Nessa grande escuridão da noite
Vejo estrelas a brilhar
Mas nessa escuridão, também esconde
Um universo espetacular

E, neste imenso universo,
Existem vários mistérios
Alguns revelados pela física
Outros pela astronomia

A astronomia que estuda os planetas
As estrelas, os cometas
Nos ajudando assim a compreender
O que dificilmente podemos ver

Olhe para o céu
Aprecie essa linda vista
Das estrelas brilhando
Dessa lua sempre encantando
Desse véu escuro
Que não esconde tudo

AUTORA:

T. G. G. S.

A PÍLULA DA MUDANÇA

Por que não querer mudar o mundo? Por que não querer tirar a maldade do mundo? Por que não querer fazer com que todos tratem a cada um de nós igualmente?

Sim, ainda existem pessoas que não veem maldade em tudo, mas na maioria das vezes vemos uma porção da nossa humanidade cada vez mais se autodestruindo, o que podemos fazer para mudar isso? Vocês eu não sei, mas eu estou decidida a criar uma espécie de pílula que trará a paz mundial, meu intuito não é fazer com que todos pensem iguais ou até mesmo que virem um robô, o meu conceito é que as pessoas vejam que somos mais iguais do que aparentamos ser.

Orientação sexual, cor de pele, jeito com que falamos, agimos ou pensamos são julgados se não seguirmos a regra que a própria sociedade impôs para nós mesmos. Sei que no começo vai parecer um pouco clichê o que vou relatar aqui nesse conto, sou gente como você, sou humana como você, passei pela maioria das coisas que você passou, chorei tanto quanto você, talvez mais ou menos. Quantas vezes eu quis fechar os olhos e quando abrir a dor não estar mais aqui? Acredite, foram várias. Só quero te fazer refletir um pouco nesse conto sobre o quanto podemos ajudar a nós mesmos sendo quem somos, te mostrarei o que passo diariamente e mostrar o mundo segundo os meus olhos. Se você vai gostar do que vai ler? Não sei, mas muitos vão se identificar.

Sabe quando nos sentimos inútil para tudo? Quando achamos que não servimos para nada, que tudo na nossa vida é uma droga? Estou me sentindo assim agora. Não me apresentei corretamente, sou Kénia, tenho 16 anos e não estou no padrão que a sociedade me impôs. Sou morena, cabelos pretos, cor de olhos castanho escuro, tenho menos que 1, 52 de altura, sou um pouco acima do peso. E sinceramente? Não ligo.

Moro com meus pais em FOSTFOOD, meu pai é um homem típico que bebe e fica descontrolado, porém é uma boa pessoa, e para seus colegas de trabalho: um bom homem trabalhador e honesto. Minha mãe só quer saber dela mesma e eu procuro me virar sozinha com meus pensamentos que me deixam atordoada.

Só que quero pôr um fim nisso e eu vou conseguir, estou certa de que vou ser uma das novas cientistas super bem-sucedida, o que tenho em mente? Uma pílula que mudará o mundo, você pode não entender o que quero fazer com uma simples pílula agora, mas verá que no final das contas eu sou apenas mais uma em muitas que só querem ver nossa humanidade com aquela inocência e compaixão que sempre sonhamos antes de dormir.

Qual escola não tem aqueles que se acham superiores a você e na cabeça deles você tem que ser submissa a eles? E me pergunto para que isso? Muitos se tornam aquilo que o feriu. E no final? Só temos mais e mais pessoas como essas. Minhas amigas Alessa e Nalina muitas vezes pensam bem diferente de mim e, particularmente, acho boa essa coisa de ter que compartilhar ideias novas. Recentemente vimos nosso amigo gay ser espancado até desmaiar pelo simples fato dele ter a orientação sexual diferente, outra vez nossa amiga passou pelo mesmo triste momento por simplesmente ser um pouco mais negra que nós. Eu sempre tive um gênio muito forte e certas vezes me revolto com essas situações, mas hoje isso acaba.

Ao voltar dos meus longos pensamentos, liguei para Alessa e Nalina para contar minha ideia sobre a pílula que mencionei logo no início, elas me apoiaram — como sempre — e disseram que me ajudariam em qualquer coisa que eu precisasse, logo então pensei: Se quero criar algo que mudara para sempre o mundo, por que não pegar a melhor parte de nós três e juntar nessa tal pílula? Tudo que eu quero estará na palma da sua mão basta você decidir. Quero os seguintes elementos no meu projeto grandioso:

Minha teimosia de mudar tudo para melhor.

O dom de ver as pessoas como elas realmente são e tratá-las com igualdade, como Alessa.

E a imensa e admirável doçura de Nalina.

Não! Meu projeto não será perfeito assim, vai haver defeitos também, se é que podemos chamar isso de defeito:

Independência.

Cada um vai pagar com cada erro que cometer e não terá o direito de julgar o próximo.

Vão ter que saber se impor se colocar no seu lugar.

Entre diversos outros elementos. Sim! Como qualquer outro projeto, pode haver suas contradições, mas isso será uma surpresa para mim também.

Bom! Pelo menos as cápsulas das futuras pílulas já estavam prontas, já havia perdido a conta de quantas gelatinas, glicerinas, litros de água entre outros adjuvantes eu já teria usado para aprontá-las.

Acontece que tudo estava planejado: cápsulas prontas, cobaias selecionadas, o local era um minilaboratório de uma universidade, tive uma pequena, digamos que uma parte de sorte por meu pai ser o diretor, o que me dava passe livre para acessar a cada canto daquele grande prédio, porém ainda sim havia um problema. Quais substâncias eu poderia usar para que eu tivesse sucesso em meu objetivo?

Essa ideia não era recente, mas mesmo tendo quase tudo em ordem, o mínimo detalhe poderia levar tudo por água abaixo, talvez eu não conseguisse criar essa pílula, mas pelo menos eu saberia que eu tentei.

Comecei a me aprofundar mais nas pesquisas e descobrindo cada vez mais e mais, mais ideias e ideais, objetivos, como as meninas Alessa e Nalina já haviam me falado que ajudariam, pedi a cada uma pelo menos que me dessem 50 ml do seu sangue para a conclusão do meu projeto, no começo acharam estranho e me fizeram muitas perguntas, porém, mesmo assim, não negaram e eu agradeço eternamente por isso.

Passaram-se dois anos e eu finalmente cheguei ao meu objetivo, ou pelo menos acreditei ter chegado, com a pílula pronta, resolvi que era hora de testá-la, minha cobaia não seria um animal, como é o comum, já que eu estava fazendo algo arriscado. Por que não me arriscar mais?

E foi pensando nisso que eu, aos meus 18 anos, prestes a entrar na faculdade e ser uma futura cientista renomada, decidi que usaria a minha mãe.

No começo funcionou, tudo estava ótimo, porém tudo que é bom dura pouco e, após exato um mês, ela voltou ao que era antes. No entanto, eu não desisti. Passei mais 3 anos tentando melhorar minha pílula, testei na minha mãe novamente e a única mudança foi o tempo ter aumentado por 24 horas.

Mesmo com esse fracasso eu não desisti de seguir carreira, continuei com minha faculdade, me motivei a novos objetivos, comecei a morar com Alessa e Nalina em um condomínio nobre, nós projetamos o nosso próprio laboratório e conseguimos ser cientistas renomeadas, sim, as meninas também eram cientistas, ótimas por sinal.

Por fim, queria deixar claro que não podemos mudar as pessoas, pelo menos ainda não, cada um nasce com os seu genes, com a sua forma física, cor, naturalidade, crenças, entre outras coisas. Não é pílula, não é máquina e não sou eu que vou mudar alguém, o que muda alguém é o tempo, são as ações, os conceitos, e várias outras coisas. Fracassar? Assim como eu fracassei, você também pode. Guerra? Se não tem razão forte porque de obtê-la? E se tiver também por que não conversar? Pessoas agem por impulso, senão às vezes elas nem agem, algumas sem atitudes, outras com. Somos assim, diferentes e é isso que nos torna totalmente iguais.

AUTORAS

N.G.A.V.

K.L.S.

Vida cibernética

Esta história foi datada de 2060 quando o mundo teve um avanço dos exoesqueletos, em época de crise mundial um jovem por nome de Endrio mudou o mundo.

Tudo começou no dia 27 de fevereiro de 2039, nos dias em que a robótica avançada estava sendo muito estudada nas faculdades e universidades do mundo inteiro. Um jovem foi para França estudar engenharia robótica avançada, por meio de um intercâmbio, ele era um menino simples de um país pobre, por nome África do sul.

O menino tinha sido aceito na universidade de robótica mundialmente conhecida, Universidade Stefen Roquem.

O jovem falava bem o idioma local e também dominava o inglês, o que o ajudava bastante para estudar, por ter uma condição financeira baixa e conseguir as maiores notas da universidade, alguns "mauricinhos" ficaram com inveja do pobre rapaz e começaram a praticar *bullying* com ele.

Um dia os garotos que participavam dos atos de preconceito foram ao extremo e chegaram ao ponto de agredi-lo, só por ter notas mais altas e não ter uma renda alta.

Neste mesmo dia, mais tarde, o garoto pobre e de notas altas que não tinha amigos e nem família, decidiu que iria fazer uma inteligência artificial, que também seria sua amiga. Passado um tempo o garoto teve dificuldades, mas aos poucos ia conseguindo sucesso com seu experimento. Após um ano de trabalho ele conseguiu criar a sua inteligência artificial, o nome dela era SBS.

Com o término do seu projeto o garoto conectou SBS à internet e ela começou a adquirir conhecimento a cada dia que se passava. Não demorou muito e o garoto começou a se apaixonar por SBS. Endrio chegou a um ponto de amor por sua criação, que ele decidiu que iria construir um corpo para o seu amor SBS.

Com avanços no projeto para o corpo de seu amor, ele descobre. O rapaz se vê arrasado com a descoberta de que não pode remover a placa mãe do notebook para assim dar a vida ao corpo que ele construiu para o seu grande amor.

Com esse problema Endrio resolveu ir tomar café, quando esbarrou em um homem muito elegante vestido de terno e gravata. O menino logo se desculpou com o homem elegante, mas aquele homem não estava ali por acaso, de alguma forma aquele homem sabia da criação do garoto e queria comprar sua invenção. O garoto logo replicou: não está à venda! O homem sem repetir a oferta foi embora.

Na volta para casa o jovem percebia uma estranha movimentação de vans que saíam da sua rua. Quando o jovem adentrou a sua casa, surpreendeu-se com ela toda revirada. Ele logo notou que estavam atrás da sua criação, mas como ele sempre a manteve escondida de baixo da pia, não foi possível encontrar.

E neste dia Endrio sabia que SBS não estaria à salvo por muito tempo, então, o jovem começou a pensar de que forma faria para deixar sua querida SBS em segurança.

Então ele teve a ideia de levar o seu amor para o Japão, pois lá ele teria mais segurança para concluir seu projeto. Após chegar ao Japão, ele sofreu com o fuso horário e teve que se adaptar à nova rotina, mas sempre desconfiado e pensando que a qualquer momento poderiam entrar em sua casa e roubar o seu amor, SBS.

Ele teve a ideia de criar um site para pessoas que tenham problemas psicológicos, um site para entreter e incentivar as pessoas a saírem da depressão e implantou a SBS no web site, mas ninguém sabia que ela era uma vida cibernética, então, o garoto convenceu a Sony a patrocinar o seu site.

Em apenas uma semana o site já tinha mais de 500 mil visitantes, o garoto ficou maravilhado por seu desempenho e por ter conseguido dar segurança ao seu amor e ajudar pessoas que ele não fazia ideia de que existiam.

Mas após um mês sem falar com seu amor, Endrio entrou em estado de depressão que, com o passar do tempo, foi se agravando. Os dias sem sair de casa viraram semanas. E quando foram na casa do rapaz descobriram que ele tinha cometido um suicídio e havia deixado uma carta que dizia assim:

"Hoje minha solidão bateu na porta e trouxe o seu amigo, o desespero, já faz mais de uma semana que não apareço para o mundo e não sentiram a minha falta, então estou decidindo partir, a minha criação ajudou tantas pessoas, mas não consegui me ajudar. Agora mais do que nunca estou só e em desespero, não consegui comer ou dormir, mas agora vou dormir para sempre. Adeus".

AUTORES

E.E.M.B.

S.B.S.V.

P.S.P.L.

P.H.S.P.

D.T.S.

O PASSADO DA LUA

Os astrônomos procuram uma forma de entender a criação do Universo. Como surgiu cada planeta, o Sol, a Lua, o ciclo das estrelas e até mesmo o tempo que estes e outros corpos celestes existem, através de pesquisas e conhecimentos adquiridos no passado. Uma das várias questões abordadas seria como a Lua foi formada, muitos acreditam que ela teria se formado através de uma colisão entre a Terra e um outro corpo celeste.

Mas a real história todos desconhecem, antes da Lua ser o satélite natural da Terra, era simplesmente um planeta com maravilhas naturais, habitada por seres magníficos e desconhecidos, os quais se intitulavam Peltos. Era uma civilização que estava sempre procurando evolução e descobertas de novos saberes, mas sem correr o risco de causar qualquer problema que fosse ao seu planeta. Havia vários lugares construídos para pesquisas, entre esses seres havia uma jovem pesquisadora pelta, chamada Zick e interessada em ir além do conhecimento de seu planeta. Seu real desejo era construir algo que pudesse servir de transporte para outros planetas, foram várias pesquisas e muito tempo de sua existência dedicado a essa meta. Porém, era muito difícil para uma simples cientista trabalhar só em algo que o seu povo não gostaria de saber e, assim, ela procurou de alguma forma recrutar outros cientistas que tivessem o mesmo interesse que ela.

Muitos a criticaram, mas prometeram não falar nada às suas autoridades, porém Zick sempre tentava argumentar, dizendo:

— Pensem o quanto seria maravilhoso para a evolução da nossa espécie, todos evoluíram conhecendo outros planetas e sabendo que poderíamos além.

Porém, um deles sempre rebatia:

— Você enlouqueceu? Isso seria visto como a futura destruição do nosso planeta, teríamos que explorar as suas riquezas para construir algo tão grande.

De alguma forma ela entendia o medo e a preocupação que todos eles sentiam, mas mesmo assim ela não desistiu e procurou outros que a apoiasse.

Após várias recusas, ela acabou encontrado duas pesquisadoras, Surian e Tarian, que ficaram interessadas em sua ideia e aceitaram ser suas ajudantes no que fosse necessário. Passaram anos construindo um projeto para saber como seria a nave, surgiram várias perguntas ao longo do tempo, Surian sempre se questionava sobre como iriam construir algo tão difícil é secreto.

Em uma das reuniões feitas por elas, Surian perguntou a Zick:

— Como faremos para construir a nave?

Zick então respondeu:

— A nave terá o formato de uma bola, porém muito pequena, capaz de caber somente um passageiro.

Surian voltou a questionar:

— Com que materiais iremos construi-la?

Tarian respondeu:

— Os materiais necessários nós podemos encontrar em nosso planeta, pois são firmes e seguros, perfeitos para o que iremos fazer, claro que teremos que adaptá-los. Mas o que mais me preocupa é o que iremos utilizar para servir de combustível.

Foram feitas outras reuniões para que elas pudessem discutir sobre o assunto e, durante elas, as três pensaram em usar os elementos químicos de seu planeta misturados com outras substâncias, mas Surian sempre advertia:

— Os elementos químicos do nosso planeta são muito estáveis e muitos deles ainda são desconhecidos pela nossa raça, se misturados com substâncias erradas poderiam causar uma grande explosão inimaginável.

Visando esse perigo Tarian propôs que desistissem do projeto, mesmo desperdiçando muitos conhecimentos adquiridos seria melhor para todos, então todas concordaram. Um tempo depois Zick, com sua curiosidade, pesquisou elementos que serviriam como combustível e acabou encontrado o mais perigoso conhecido pelo seu povo, mas ela não sabia que aquele elemento era tão estável que poderia causar grandes explosões se misturados com substâncias inadequadas. E foi isso que aconteceu. Zick, sem saber do grande perigo, misturou uma extrema quantidade dele com outro elemento, que entrou em contato com o gás presente no ar causando uma explosão que se misturou com outros elementos químicos e acabou destruído toda a superfície e os seres que habitavam o que os terráqueos chamam de Lua, mais conhecido como Zatira pelos seus antigos habitantes.

AUTORES

D.C.A.

F.N.S.

M.R.S.S.

BIOLOGICAMENTE FALANDO

No ano de 2025, novas pesquisas com fusão de células começaram a surgir no mercado. Na corrida pelo "ouro" para mostrar qual país conseguiria atingir o ápice dessa pesquisa, dois cientistas brasileiros, o Dr. Marcos e seu auxiliar David, conseguiram a tão grande e falada fusão de células de diferentes espécies. Dando um novo passo para pesquisas futuras como, por exemplo, a cura de doenças, usando as células de tubarões brancos, por serem os únicos animais do mundo a não sofrerem algum tipo de doença, seja ela virótica ou parasitária. Abrindo caminho para novas redes de pesquisa, um grande passo para humanidade e ganhando a corrida contra os outros países em si.

A máquina funcionará como uma centrífuga inversora, onde se misturaria o DNA de duas espécies ou mais, criando, assim, o uma espécie de Homúnculo animal, onde seria levado a uma incubadora, teria seu crescimento acelerado e estaria em uma forma que pudesse alimentar-se só em menos de 24 horas.

Após este feito notável, o Dr. Marcos, concedeu sua primeira entrevista para os jornais, junto ao seu auxiliar.

Jornalista: — E então, Dr. Marcos, o que o senhor espera agora depois desta grande e importante façanha cientifica? E colocando o Brasil novamente como um dos centros de pesquisa em células e genética, ao topo novamente, doutor, o que o senhor poderia nos dizer?

Doutor: — Muito obrigado a todos, porém, sozinho, sei que não chegaria a lugar nenhum sem minha equipe e meu braço direito, meu auxiliar e amigo, o cientista David. Nós conseguimos criar um aparelho, que faz gerar um novo espécime a partir de dois diferentes, unindo e multiplicando suas células de forma rápida, praticamente conseguimos criar a tão sonhada fusão. Hoje é um grande dia para a ciência mundial e gostaria de compartilhar este tão querido momento com o David. Por favor, David, fale algo para os jornalistas.

Cientista David: — Eu...não estava preparado para este momento... Mas conseguimos encontrar uma falha sistemática nas células, para poder uni-las, porém, as espécimes criadas podem ser de nature...

A jornalista o interrompe para dar uma notícia gratificante ao doutor.

Jornalista: — Perdoe-me interrompê-lo, senhor David, mas acabo de ser informada que o cientista Marcos, acaba de ser indicado ao prêmio Nobel de ciência.

Todos aplaudem por um curto período até o Dr. interromper a todos.

Doutor: — Eu agradeço a todos e digo que, no dia da entrega, será o dia em que mostrarei ao mundo nossa invenção, uma verdadeira fusão de células e, com toda certeza, mais uma nova espécie de minha criação não catalogada no reino animal.

Todos voltam a aplaudir o professor, porém percebe-se que o seu auxiliar David fica surpreso e inquieto com algo que mexe com ele naquele exato momento.

Logo após a ida dos repórteres e dos carros que ali sem encontravam, David toma a palavra com o seu amigo.

David: — Marcos, com todo o respeito que tenho por você, não acho certo testarmos a máquina em frente ao público, pois ela se encontra em fase beta, e os seres vivos não saberão se comportar na presença de tantas pessoas.

O Dr. Marcos rapidamente toma frente e, com o olhar confiante, dá sua última palavra sobre tal assunto.

Doutor: — Acalme-se, David, nós estamos prontos para criar de verdade um ser vivo híbrido, apenas iremos com calma e, para que nada dê errado, faremos um teste essa semana antes de nos irmos receber esse prêmio juntos, todos da equipe merecem estar lá. Testaremos com animais não perigosos para que nada ruim aconteça, vá para casa e acalme-se, tire a semana de folga, nós precisamos, todos nós.

Logo se passa uma semana e falta apenas um dia para o recebimento do prêmio e toda equipe se reencontra em frente ao laboratório para começarem os tão esperados testes. Logo em seus primeiros testes com as misturas de DNA, um dos estagiários que auxiliava os cientistas, deixa cair a bandeja com os frascos contendo os tipos sanguíneos. Com medo de represálias e por ser o mais novo dentre os outros, colocou de forma rápida todos os fracos no lugar, sendo isso um dos piores erros cometidos.

Logo que ligaram a centrifuga inversora, o Dr. Marcos, pede ao estagiário os frascos contendo os DNA de ratos laboratoriais e de baratas, porém, com a queda dos frascos, os estagiários acabaram trocando os frascos contendo o composto orgânico de um animal da espécie *Canis lupus*, classe *Mammalia* (lobo).

Após a entrega dos frascos errados e da mistura de agentes aos ácidos desoxirribonucleicos, para acelerar o desenvolvimento do novo ser, a máquina é ligada e, logo após alguns minutos, dá vida ao novo ser, que é levado para a parte 2, onde fica a incubadora. Após essa sequência de fatos, todos aplaudem e se abraçam, e o doutor Marcos toma a palavra:

Marcos: — Estamos realmente prontos para levar nosso experimento para receber o prêmio, e todos nós iremos, pois todos têm uma parte nisso! E você David, viu, não há o que se preocupar, tudo ocorreu bem, agora vamos todos comemorar...

David o interrompe.

David: — Não podemos ir, o híbrido tem que ficar em observação a noite toda, Marcos, algo pode dar errad...

Marcos: — Por favor, David, não seja tão paranoico, serão 24 horas para o crescimento, faça isso por seus amigos, caso haja algo, serei avisado pelos sensores.

David concorda com o doutor e todos vão comemorar próximos dali. Após apenas algumas horas, o celular do doutor avisa que algo entrou e acionou os sistemas de segurança do laboratório. Com medo de que alguém tenha roubado seu projeto, ele e sua equipe retornam o mais rápido possível e o que encontram lá é inacreditável: nenhum arrombamento, porém, a incubadora não aguentaria ver que cresceu a tamanhos desproporcionais e estaria solto pelo prédio. O Dr. Marcos pede para todos se acalmarem e que o animal não oferecia riscos aos presentes, até que o estagiário toma a frente e explica o ocorrido. Todos ficam em silêncio e Marcos começa a gritar com o jovem rapaz que, muito assustado, começa a chorar. Nesta hora, David toma a frente do estagiário, com o pé firme e avisa:

David: — Não é a hora para isso agora, Marcos, nós temos que achar o híbrido o mais rápido possível, não sabemos suas proporções e, pela combinação sanguínea, ele poderá ser agressivo.

Todos concordam com ele, porém não sabiam por onde começar a procurar e nem o que fazer, David toma novamente a frente e lembra sua especialidade em insetos:

David: — Biologicamente falando, o ser pertence à classificação científica, canidae e blattaria, assim absorvendo funções das duas famílias, pelo ambiente em que nos encontramos, ele deve estar agindo como a sua família de insetos, então devemos procurar onde estes seres se alastram e ficam escondidos, porém não se esqueçam, ele pertence à família dos lobos, logo oferece perigo para nós.

Após esta explicação, David teve outra ideia, que seria levar o animal para a centrífuga inversora e ligá-la de forma que invertesse o processo, o problema seria chamar atenção do ser até a sala. Foi quando tiveram a ideia de comprarem comidas e doces e espalhar até a sala da centrifuga, porém sem nenhum êxito.

Foi então que conseguiram identificar o animal dentro do duto de ventilação, imóvel, quieto, foi quando David lembrou-se de seus extintos de caça, herdados dos genes dos labos, e teve uma ideia inusitada. Ele servir de isca para o animal vir atrás do mesmo, foi quando o Dr. Marcos se impôs a ideia:

Marcos: — Você só pode estar ficando maluco, David, o que eu vou dizer para suas filhas, sua esposa? Voc...

David, com a maior calma possível, enquanto se preparava para o feito, grudando alguns pedaços de alimento em suas roupas, o interrompe repentinamente e fala:

David: — Dessa vez, Marcos, você tem que ter calma, o único que tem experiências com animais na natureza sou eu, então desta vez eu peço que se acalme.

E sai da sala onde todos se encontravam e vai em direção ao duto de ventilação onde o ser estava. Alguns minutos se passaram, muita apreensão no ar e todos ouvem alguns barulhos, David aparece no corredor, correndo diretamente para a sala e, logo atrás dele, o híbrido que cresceu a proporções inimagináveis, com seis patas, grandes unhas e caninos, pelos escuros, um pouco maior que um lobo, correndo pelas paredes, quando ele chega dentro sala da máquina, consegue de forma rápida driblar o animal e sair da sala. Pelas câmeras Marcos vê toda a cena e fecha a porta da sala, logo após a saída de David. Acionando a Máquina para uma rotação inversora, quebrando a junção de moléculas de DNA dos animais, pondo fim àquele animal que mais parecia ter vindo de um pesadelo.

Após o retorno de David à sala, todos o aplaudem e o abraçam por um curto período de tempo, pois todos se viram para o estagiário que ali estava. David olha para todos e comenta:

David: — Quem nunca cometeu erros? Este garoto estava conosco desde o começo da criação desta máquina e ele faz sim parte da equipe... caso ele saia, eu também irei!

Marcos olha toda aquela cena, chega próximo aos dois, os abraça e todos vão com o doutor neste momento. Após esses fatos, toda a equipe foi receber o Nobel de Química, levando este fato como caso isolado e Marcos, mudando de ideia, podendo rever algumas melhorias em sua máquina e em suas criações, porém continuando com as mesmas e com sua equipe de sempre.

Glossário

DNA — O ácido desoxirribonucleico ou DNA, em inglês: deoxyribonucleic acid é um composto orgânico cujas moléculas contêm as instruções genéticas que coordenam o desenvolvimento e funcionamento de todos os seres vivos e alguns vírus, que transmitem as características hereditárias de cada ser vivo.

Homúnculo — O conceito de homúnculo do latim homunculus, "homenzinho", plural homunculi, tem sido aplicado em várias áreas do conhecimento humano.

Canidae — Os canídeos latim, científico: Canidae constituem uma família de mamíferos digitígrados, da ordem dos carnívoros, que inclui o cão, o lobo, o coiote, o chacal, o mabeco, e a raposa, entre outros. Esta família é por vezes dividida em duas tribos: Canini e Vulpini.

Blattaria — Blattaria é uma ordem de insetos cujos representantes são popularmente conhecidos como baratas. É um grupo cosmopolita, sendo que algumas espécies (menos de 1%) são consideradas como sinantrópicas.

Sinantrópico — Que convive com ou tem grande proximidade em relação ao ser humano, não sendo animal doméstico (ex.: a barata é um animal sinantrópico, espécies sinantrópicas).

Centrífuga — aparelho ou máquina, cujo funcionamento faz uso da aceleração centrífuga obtida através da rotação de um recipiente e que serve para separar substâncias.

AUTORAS

A.V.L.

J.R.M.

M.R.D.F.

Robison Stiven

Em 1899, um homem chamado Robison Stiven, nascido na Califórnia (EUA), tinha um sonho de conseguir construir uma máquina do tempo, com a intenção de conseguir fama e ser conhecido mundialmente como o homem da máquina do tempo. Robison, então, começou a sua jornada para conseguir construir essa máquina, só que não tinha condições de comprar as peças, então resolveu pedir ajuda para Abraham, um homem bem-sucedido. Robison o procurou, Abraham era ambicioso, então aceitou pagar pelas pessoas, mas com outras intenções. Robison passou muita coisa para construir essa máquina, anos e anos de pesquisa e muito dinheiro gasto e quando finalmente terminou a máquina do tempo, estava muito contente com sua construção, pois ele sabia que seria uma grande evolução para a humanidade, mas também muito perigosa, porque se a máquina caísse em mãos erradas poderiam acontecer muitas coisas ruins de ruim, então, Robison, muito ansioso, foi descansar para no dia seguinte mostrar ao mundo a sua construção, mas Abraham colocou o seu plano em ação.

No meio da noite aconteceu algo estranho, Robison escutou um barulho na sala e foi ver o que tinha acontecido, viu um homem na sua frente, que atirou no seu coração. Robison caiu no chão e imediatamente foi a óbito, alguns dias depois Abraham foi atrás da máquina, mas como Robison era esperto, a máquina só funcionava com um objeto, Abraham ficou muito furioso, pois o seu plano foi pelo ralo. Ele passou anos procurando esse objeto, mas não o encontrou, então ele desistiu já não havia mais nada a fazer.

Passaram-se anos...

Em 1994, um menino chamado Pitther foi morar na velha casa de Robison com seus pais, pois era uma antiga casa de sua família e acabou encontrando a máquina do tempo escondida no sótão da casa dele, apesar de Pitther não saber o que era aquilo, ele procurou informações já que era um muito curioso e inteligente, então Pitther começou a mexer na máquina, mas que só funcionava com um objeto, então ele viu o formato do objeto e olhou para seu medalhão de geração e viu que era o mesmo formato, então ele colocou na máquina e, acidentalmente, ele acabou ligando a máquina e viajou para o ano de 2025, aonde o mundo estava passando por uma crise e escassez de água terrível e pessoas estavam morrendo por falta de água. Pitther ficou aterrorizado e voltou para o ano que de 1990, em que ele morava. Pitther ficou tão aterrorizado com a falta de água no futuro que resolveu alertar as pessoas, então ele foi ao presidente dos Estados Unidos (EUA) e falou que no futuro iria acontecer uma escassez de água e que pessoas iriam morrer, mas o presidente não ligou, porque a água era abundante naquele tempo e Pitther deixou para lá, cansou de tanto avisar. Vinte anos se passaram e a primeira crise começou em 2014, várias famílias ficaram sem água, mas o governo conseguiu passar por essa crise e o presidente, que ainda era o mesmo, falou:

— Aquele homem que veio aqui há 20 anos estava certo.

Então, o presidente começou a conscientizar as pessoas de que o planeta Terra era de todos, que todos têm que cuidar bem dele, senão ele morrerá e a gente também. E as pessoas começaram a gastar menos água e o planeta Terra se equilibrou perfeitamente com a natureza.

AUTORES

R.M.

R.T.

S.C.

E.G.

E.T.

Radiação X

Em uma ilha, não tão próxima da civilização, morava um cientista chamado "Albert". Ele já havia explorado cada parte da ilha misteriosa. Certo dia ele avistou uma grande caverna e se aproximou, chegou até escorregar e caiu numa parte mais funda, perdendo a consciência por um tempo. Ao anoitecer, ele acordou e, ao olhar para cima da caverna, vê uma pedra roxa fluorescente, então decide subir até lá, para pegá-la.

No dia seguinte resolve retornar a sua antiga cidade, para estudar melhor aquela curiosa pedra. Num dia chuvoso, ele percebe que aquela pedra fluorescente, liberava um tipo de radiação jamais vista, chamada por ele "Radiação X". Horas depois houve uma grande explosão em seu laboratório, onde ninguém, até hoje, sabe o tal motivo. E ele acabou morrendo, deixando suas pesquisas tão valiosas e perigosas enterradas nos destroços.

Anos se passaram e construíram uma grande escola, onde antes era sua casa. Com tempo, se tornou uma das melhores escolas com ensino profissionalizantes do mundo, por conta de suas infinitas escolhas de cursos. Depois que a escola foi inaugurada, cresceu a concorrência de alunos do mundo inteiro, tentando a sorte de entrar na famosa escola.

Apesar de ser uma das melhores escolas do mundo, claro que, sempre irá existir aqueles alunos ditos como "bagunceiros", é o caso de Denys, um de muitos outros. Na primeira semana de aula ele começou a discutir pelo corredor com seu colega de classe, ambos, cursavam eletrotécnica, todos se aproximaram para ver aquela épica discussão sobre quem lideraria a turma. Até mesmo um dos alunos mais inteligentes da escola chamado Thomas, se interessou pelo resultado da discussão.

Já no refeitório, um dos alunos também discutia, pois uma das alunas de meio ambiente, chamada Molly, havia furado a fila do lanche. Malia, uma aluna de pavio curto, não deixou aquilo passar, então foi logo falando várias e várias coisas para ela, e foi onde começou toda a discussão.

Enquanto isso, na biblioteca, James procura um livro sobre Anatomia e acaba não encontrando. Ele se dirigiu até a biblioteca e perguntou onde estava o livro. Ela o respondeu dizendo que outro aluno já avia pegado. Ao se retirar da biblioteca, ele olha para seção restrita vê o livro que precisa, olha para o balcão e vê que o funcionário já havia se retirado para fazer uma pausa para o lanche. Ele olha novamente, disposto a pegar o livro, mesmo sabendo que seria errado, mas ele pega e se retira.

No mesmo dia, voltando à discussão de Denys, que não tinha acabado, um funcionário viu aquela discussão inacabável, foi logo chamar o diretor para que resolvesse o tal problema. O diretor, antes de chegar ao corredor onde Denys discutia, teve que passar no refeitório, onde estava a vendo uma outra confusão. Ao chegar no refeitório manda Molly e Malia, para sala da direção. Logo depois, fez o mesmo com Denys, porém, acabou chamando Thomas, que não tinha nada a ver com a briga, apenas tinha afastado os dois. Na escola todos os dias antes de liberarem os alunos, os funcionários olhavam cada fita das câmeras da escola. Ao observarem a gravação da biblioteca, percebem que, um aluno havia pegado um livro, pois possuía livros bem antigos e bem valiosos. O zelador responsável pela limpeza da biblioteca, foi logo atrás de James, que estava no laboratório de enfermagem. Ele o chama, e o leva até a diretoria, e lá vai ele, todo desconfiado. Ao chegar lá, todos os cinco que estavam em uma grande encrenca, começam a falar os motivos de tais atos imperdoáveis, para alunos técnicos. Antes que todos se explicassem, o diretor recebe uma ligação e acaba deixando a conversa séria com eles, pois tinha que resolver outras coisas fora dali, deixando Molly, Thomas, Malia, James e Denys de castigo, mandando todos eles esperarem, seu retorno, e ainda com ameaça dizendo que se alguém se atrevesse a sair da sala, seria logo expulso, sem ao menos se explicar. O diretor se retira, e os alunos começam a conversar sobre o que tinham feito. Depois de um tempo, ficam entediados e começam a bisbilhotar as coisas do diretor. Denys, sem querer, acaba encostando a mão numa pedrinha de enfeite que estava na parede, e abre uma passagem, que parecia ser subterrânea. Eles se olharam, com cara de espanto, pois naquele momento acharam que seu próprio diretor era um espião, que possuía uma agência secreta embaixo da escola. Thomas, um futuro matemático corajoso, resolve entrar primeiro, logo em seguida, entram os outros, ainda com espanto. Viram que aquilo não passava de um pequeno porão sujo, que havia sido esquecido há décadas. Eles avistam uma pedra fluorescente e ficam todos ao redor dela, curiosos, tentando descobrir como foi parar ali. De repente, surge Clay, de uma parte mais escura do porão, ele é um dos alunos de Astronomia da escola e que já tinha alguns conhecimentos sobre a pedra. Os outros se assustam e perguntam quem era ele, e o que fazia por ali, ele diz seu nome, e responde que havia descoberto aquele lugar, e decidiu estudar a pedra fluorescente. Denys, por curiosidade, pergunta o porquê que a aquela pedra brilhava, e como foi parar ali embaixo de uma escola. Clay diz que, a pedra liberava um tipo de radiação inofensiva que nem chegava a atravessar a pele. Ao olhar a hora James percebe que a escola já estava sendo fechada e todos já tinham ido embora.

De repente, a pedra começa a brilhar mais forte que o normal, Clay se aproxima dela, enquanto os outros se afastam e, ao virar de costas para a pedra, Clay diz aos outros que estava tudo bem, mas dizia para si próprio que nunca tinha visto a pedra daquele jeito.

A pedra brilhou mais forte ainda e disparou uma forte quantidade de radiação nos alunos, deixando-os, inconscientes por um grande tempo. Fora dali, ainda andava uma aluna que se chamava Izzy, que havia esquecido de passar na sala do diretor, para falar sobre os projetos da feira de ciências. Chegando lá, percebe que o diretor não se encontrava, mas mesmo assim, não deixa de notar uma passagem aberta na parede, então entra para ver, e se depara com todos os alunos inconscientes no chão. Ela grita, chamando socorro e acaba tentando sair dali, mas antes de chegar na porta, é atingida com outro disparo da radiação, e cai no chão desmaiada. Todos acabam passando a noite na escola. Ao amanhecer, todos acordam, e, ainda assim, ficam sem entender o que tinha acontecido, pois seria loucura, um porão secreto, com pedra fluorescente radioativa. Denys vê que tinha uma menina a mais ali entre eles, e fica se perguntando o que ela fazia por ali. Os outros também acharam estranho e foram perguntar a tal garota. Ela se apresenta, explica tudo, e fica sem entender nada do que estava acontecendo, coisa, que os outros não sabiam explicar também.

Como era final de semana e não havia aula, eles deram um jeito de sair da escola, e foram para suas casas. Começam a se sentirem estranhos, e ligam um para o outro, combinado de se encontrarem à noite na escola.

Ainda à tarde James, sem querer, se machuca com uma faca, e, ao observar, percebe que seu corte já estava cicatrizando, como se estivesse curando por si próprio. Enquanto isso, Thomas, passeando na rua, ao observar uma construção na parte de cima do prédio por onde passava, desvia o olhar para os carros, e, ao retomar a observar a construção, ela já estava caindo de lá de cima, em sua direção. Sem nenhuma reação, resolve colocar os braços em posição de defesa contra os destroços, antes mesmo que chegasse nele. De sua mão, sai uma forma geométrica que forma um escudo, o protegendo. Ao sair dali ficou sem entender o que tinha acabado de acontecer e retornou para casa. Assim como Thomas e James, os outros também tiveram um dia estranho, com seus possíveis poderes. Ao se reunirem na escola, falam sobre o dia de cada um. James fala sobre o corte que foi curado, Thomas, sobre o escudo geométrico. Assim como Malia, que, ao cochilar, acordou flutuando em seu quarto. Sem falar de Molly, andando pelo jardim de sua casa, e fazendo as plantas se moverem, seguindo os movimentos de suas mãos. Denys apenas fala, que levou um choque, sem ao menos chegar a encostar na tomada. Enquanto, isso Clay, estudava lá no porão, e descobriu que conseguia controlar a pedra, que possivelmente era um fragmento de uma estrela ou algo do tipo. Izzy, em sua casa, vê que pode atrair e arremessar objetos com a mente, como se fosse algum tipo de atração e repulsão. Dias depois, os adolescentes começaram a se adaptar aos seus poderes e guardaram segredo sobre aquilo. Logo depois começaram a andarem juntos, Izzy, se aproximou mais deles, já Clay, se afastava mais ainda.

Em um domingo, uma notícia na TV, mostra que havia caído seis meteoritos pelo mundo, todos na mesma hora, sem nenhuma diferença de segundos. Denys acha estranho e tenta ligar para Clay, pois ele saberia o que estaria acontecendo, mas ele não atende. Então liga para os outros, para se reunirem na escola.

Ao chegarem lá perceberam que Clay não havia chegado e se perguntam, por onde andava Clay.

Ao olharem para o topo do prédio o viram lá em cima, dizendo que tudo aquilo iria acabar, todo o mundo seria destruído por ele. Os seis alunos, tem a ideia de detê-lo, para que parasse com a ideia maluca. Antes que eles tivessem a chance de subir no prédio, Clay ergue suas mãos para o céu e faz cair vários meteoros na cidade, destruindo uma grande parte dali. Denys percebe que a decisão de seu colega em destruir tudo era realmente verdade, então, resolve impedi-lo a todo custo. Logo em seguida, Clay já fazia cair meteoros no mundo inteiro, como uma chuva inacabada. Denys lidera seus amigos, e os mandam direto para uma máquina de teletransporte, que Thomas havia construído, mandando somente para as cidades mais afetadas. Então se dividem em duplas e vão à luta, como heróis de historinhas infantis.

James e Thomas são mandados para Tóquio, no Japão, onde estava sendo totalmente destruída, com várias pessoas feridas. Thomas lança seus escudos no céu, protegendo, edifícios com pessoas e, assim, tentado evitar mais estragos. James começa a prestar os primeiros socorros nos que estavam feridos gravemente, com seus poderes, com a ajuda de enfermeiros da cidade e médicos que haviam passado por ali.

Molly e Izzy foram mandadas à cidade de Paris, na França, que também não estava nada bem por lá, havia prédios desmoronando, pessoas machucadas correndo tentando se proteger. Então, Izzy tem a ideia de subir em um prédio alto para poder tentar repelir o máximo de meteoros possíveis e Molly a ajuda a subir mais rápido, fazendo crescer uma grande espécie de planta, que parecia uma corda gigante, deixando sua amiga no topo, que começa a repelir, aos poucos, os meteoros. Enquanto isso, Molly, tenta espalhar suas plantas, para tentar criar uma grande barreira no céu, para que nada atravessasse. Denys, dispara raios de eletricidade nos meteoros, explodindo-os de maneira que não afetassem a cidade. Enquanto isso, Malia deixa a gravidade zero, ao redor de seu corpo fazendo, assim, com que ela voasse para o céu, e lá mesmo deixa alguns meteoros flutuando com nuvens passeando, dando tempo de seu amigo explodir todos antes de cair. O poder de Clay estava tão grande e poderoso, que ele já havia até como mover planetas anões. E foi isso que fez, pois queria ver todos eles implorando por piedade e aceitando-o como o líder de todos, coisa que seria impossível naquele momento.

Ao se depararem com o planeta anão, eles perdem as esperanças de derrotar seu colega de escola. Mas veem que são os únicos à altura para enfrentar Clay. Então, Denys, resolve trazer seus companheiros de volta à ilha para que dessem um jeito bem rápido no planeta anão, ou seria o fim de todos.

Malia voa até lá em cima e tenta atrasá-lo. Thomas faz um grande escudo para proteger um prédio onde estavam os cidadãos da ilha.

Molly, com a ajuda de algumas árvores gigantes que havia no parque da cidade, faz com que elas formassem um tipo de apoio aos prédios que estavam prestes a desmoronar com pessoas.

James vê que ali tinham mais feridos do que na cidade anterior e vai curá-los com força máxima de poder tratar de cinco de uma vez só e levando todos para o hospital, numa parte subterrânea, com aparelhos para qualquer acidente.

Denys concentrava o máximo de eletricidade em suas mãos para que pudesse, ao menos, partir o planeta anão ao meio, porém, levaria um certo tempo para carregar tanta energia assim.

Izzy resolve se lançar com uma poderosa repulsão até onde Malia estava, ficando lá flutuando e ajudando amiga a retardar o planeta com sua repulsão.

Estando assim, todos ocupados, fazendo de tudo para salvar a vida de inocentes. Clay apenas observava tudo de longe, sorrindo e falando para si mesmo quanto tempo eles aguentariam. Tempo depois, uma luz roxa fluorescente surge na frente de cada um dos seis, fazendo com que seus poderes aumentassem ao máximo. James sai do hospital e sente um grande poder em si próprio e, ao pensar em curar todos, libera uma grande quantidade de energia, que se espalha por todos os lugares da cidade, curando a todos.

Thomas consegue estender seu escudo ao redor de toda a ilha, fazendo, assim, mais resistente também.

Molly faz com que uma gigante flor brotasse do chão, liberando cipós ainda maiores, para segurar os prédios.

Malia e Izzy, tentando atrasar o Planeta anão, percebem que possuem grande poder e libera de uma vez, afastando o planeta longe o suficiente para tirar todo povo dali. Denys grita, pedindo que Izzy o atraísse para lá. Ele é puxado e acabara de carregar ao máximo, liberando de uma vez só, toda energia de seu corpo no planeta, assim, partindo ao meio. Então Izzy se concentra em uma das partes enquanto Malia se concentra na outra. Clay percebe que os seis juntos são muito fortes, então tem a grande ideia de lançar seis pedras dos meteoros para matá-los de vez.

Ao lançar, chaga um em James e atravessa seu corpo, ele cai no chão. Ao chegar em Thomaz, ele consegue se proteger graças a seus escudos poderosos. Indo outro em direção à Molly, mas uma de suas plantas a protege.

Chegando em Denys, que, de tão fraco, está caído no chão de um prédio, o acerta em cheio seu coração.

Ao chegar em Malia e Molly, não as atinge, pois ali estava a gravidade que fazia tudo flutuar. Depois disso James se cura por si próprio, com seu imbatível poder de cura. Ao ver que o seu último sinal de poder foi usado para se regenerar, viu que já não tinha mais capacidade de curar ninguém.

Enquanto isso, Izzy pede para que Malia a deixasse resolver aquilo sozinha, pois graças a sua repulsão, levaria para longe as duas partes, mesmo sabendo que não iria retornar.

Malia, mesmo sem querer, foi empurrada para baixo, com a repulsão de Izzy. Ela usa sua atração para puxar Clay e para que as duas partes do planeta anão se encostassem nela e, com uma repulsão poderosa, é arremessada com Clay para bem longe da Terra, em direção ao sol, onde lá ocorre uma grande explosão. Malia fica chorando ao perceber que havia perdido sua amiga, Molly se aproxima, perguntando onde estava Denys, e Thomas responde que tinha o visto pela última vez, em cima do prédio. Eles sobem até lá com ajuda das plantas e veem seu peito perfurado por uma roxa.

Enquanto isso, James se recupera do golpe que levou e corre até lá também, vendo o que havia acontecido com seu amigo. Vendo Denys no chão, como um cadáver, Malia, Molly e Thomas perguntam a James se haveria algum jeito de salvá-lo. James responde que no estado que se encontrava era impossível curar um coração perfurado daquela forma e que ele só poderia viver com um novo coração. Molly se oferece a dar seu coração para Denys, pois ela o amava, mesmo sem ele desconfiar de nada, então James pergunta se realmente ela desejaria aquilo, ela pensa e fala que sim. Então eles correm para o subsolo do hospital e começam a cirurgia o mais rápido possível, com o poder que lhe restava de cura, seria uma grande sorte se desse tudo certo.

Horas depois ele termina e Denys acorda vendo Molly ao seu lado, morta, e pergunta o que aconteceu, Malia explica tudo, e ele fica abalado por ter perdido uma outra amiga. Depois de alguns meses tudo vai voltando ao normal, a cidade sendo reconstruída, eles voltaram a estudar e, depois de muita coisa, ficaram conhecidos mundialmente como heróis da Terra.

Ainda assim, Denys, Malia, Thomas e James, continuaram vivendo aventuras, salvando o mundo e combatendo o crime, em nome de seus amigos que se foram tão cedo.

Mas ainda não se sabe o tal motivo de Clay ter mudado de repente e de haver uma passagem secreta na sala do diretor, sem ele mesmo saber. Até hoje desconfiam de que o diretor foi o tal motivo de todo o ocorrido. Pois logo depois ele sumiu sem deixar rastros e a pedra também havia sumido do porão.

Seria ele o cientista "Albert", que teria morrido de maneira inexplicável na explosão de antes?

AUTORES:

M. H. S.

M.A.T.

J.L.S.

R.S.S.

L.G.B.S.

O QUE PODEMOS ADMIRAR

Meu amigo vou lhe contar
Uma história vou te mostrar
Sobre astronomia vou falar
Pelo Universo viajar

Sobre a natureza observar
A constelação de Órion
Com um telescópio admirar
Em uma plantation

Com ajuda da matemática
Nós podemos contar
Em uma pesquisa dramática
Um ângulo formar

Física e química vamos utilizar
E podemos comentar
Como as estrelas vão se formar
E suas estruturas observar

Nas Três Marias não podemos pisar
O cinturão de Órion elas vão formar
Alinhadas, são fáceis de identificar
Outras constelações vão formar

No céu à noite elas vão brilhar
Daqui vamos observar
Um equipamento vai mostrar
Em uma máquina registrar

AUTORES

A.T.

C.S.

C.D.

Os burgos tecnomágicos

Era uma vez, um mundo onde a tecnologia dominava o modo de vida de todos, onde era controlado pelos burgos, povo detentor de todo o poder tecnomágico. Os burgos usavam sua magia para reger o mundo, da forma na qual melhor os agradava.

Entretanto, um adolescente destemido e atrapalhado, chamado Morty Desu, não aguentando esse controle, propôs derrotar o reinado dos dominantes. Aliado de seus amigos, Jéssica e Enro, ambos jovens estudantes, também saem em busca de aventura pelas terras repletas de tecnologia dos burgos.

Morty era um jovem que nunca teve muito apoio familiar, tendo em vista que ambos ficaram viciados durante a infância de Morty, perdendo o controle emocional. Já Jéssica vivia com sua avó, pois seus pais foram trabalhar nas indústrias B. S. A. e nunca mais voltaram, e Enro morava com seus pais em mesma situação que Morty.

No dia marcado por ambos para iniciar a aventura, todos acordaram cedo, pegaram seus smartphones e baixaram seus aplicativos mágicos para guerrear. Eles se encontraram no caminho da escola e, com o GPS, seguiram a pé em direção ao reino, ao escurecer se abrigaram em uma tenda improvisada e dormiram até o dia seguinte.

Ao acordarem no dia seguinte, continuaram o caminho e durante ele, soldados cibernéticos apareceram.

— Onde vocês estão indo, não sabem que não se pode invadir essas terras? — disse o ciborgue de dois metros de altura, metade humano metade robô.

— Estamos perdidos!

Mentiu, Morty que, em seguida, pegou seu smartphone, conjurou um feitiço de paralisa e correu com seus amigos. Entretanto, foram percebidos, o que provocaria alguns problemas, mas seguiram viagem.

Eles continuaram neste caminho por dias, fugindo dos soldados e dormindo em locais não aconchegantes até chegarem na entrada do castelo, onde transmitia o sinal Wi-Fi, que controlava a todos que mexiam na tecnologia sem um pensamento próprio, sendo de fácil controle.

Ao chegarem lá, Morty e seus amigos entraram pelo fundo do castelo, um labirinto, onde cada um seguiu por um lado: Jéssica pela esquerda, Morty direita e Enro pelo meio.

Morty e Enro foram encurralados por diversos soldados sendo levados para conversar com o rei Burgo, sobre o porquê da invasão e para uma condenação por isso, já Jéssica conseguiu escapar, sendo seu local desconhecido.

— Criancinhas corajosas hahaha, por que invadiram meu reino? — Disse o rei Burgo.

— Nós iremos derrotar seu reino e trazer de voltava a vida sem seu controle absoluto.

Disse Enro.

— Que pena que vocês morram, crianças. Achem a outra pirralha. — Disse o rei.

Morty e Enro foram levados à prisão até a execução, já estavam sem esperanças, até Jéssica aparecer sorrateiramente conjurando um feitiço contra as grades e soltando-os.

— Venham, vamos invadir a sala que envia o sinal.

— Obrigado, Jéssica.

Eles seguiram pelo castelo, até chegar à sala do transmissor, mas, de repente um dragão robô invadiu a sala, lançando fogo.

— E agora o que faremos?

— Disse Enro.

— Os soldados estão chegando — Disse Jéssica.

Morty teve uma ideia, pediu os smartphones de seus amigos, esperou o dragão chegar próximo e agarrou em sua calda, subiu pelo Dragão e usou o celular para controlá-lo.

— Subam, amigos, vamos dar um curto-circuito neste castelo! — Disse Morty.

Eles conseguiram escapar dos soldados e invadiram a câmara de energia do castelo, onde Morty entrou e deixou os amigos lutando contra os soldados.

De repente, começou um aviso de autodestruição do castelo, mas Morty não aparecia, havia ficado preso na câmara.

Quando Morty estava quase conseguindo escapar da câmara, o rei Burgo aparece:

— Ora! Ora, garotinho! Então você conseguiu ativar a autodestruição do castelo, que pena que não terá a chance de fugir dessa câmara.

Foi aí que os dois pegaram seus smartphones, conjuraram escudos e espadas e então começaram uma batalha intensa, faltando poucos minutos para a destruição do castelo.

Ao derrotar os soldados Burgos, Jéssica e Enro perceberam que Morty podia estar em apuros, então Jéssica se lembrou de um aplicativo mágico que poderia tirá-los do castelo em tempo. Enquanto isso, Morty já estava ficando cansado e foi acertado em cheio por um golpe do rei burgo, que feriu sua perna e então o rei falou:

— Garoto você foi bravo, mas acabou! Vou te matar agora e parar essa autodestruição. Quando o rei ia desferir o golpe de misericórdia em Morty, Jéssica e Enro aparecem. Percebendo que o rei iria matar Morty, Enro conjura um feitiço que paralisa o rei Burgo e então Morty fala:

— Obrigado, amigos! Essa foi por pouco, agora como iremos sair daqui? Pergunta Morty, desesperado.

Foi então que Jéssica se lembrou de um aplicativo mágico que poderia tirá-los do castelo, chamado portal. Então eles juntaram seus 3 smartphones e conjuraram o portal para fora do castelo. Poucos segundos depois o castelo explodiu e as pessoas que estavam sendo controladas pelos burgos estavam livres.

AUTORES

P.R.

G.E.

E.J.

L.G.

K.B.

A.R.

O BEM SE CHAMA: O POVO DE NEKTORIUS

Num planeta muito distante, chamado Nektorius, havia milhares de habitantes esquisitos e esverdeados, criaturinhas fofas, mas perigosas. Não muito longe havia o planeta Xenox, onde vivia os chamados habitantes da escuridão, por apenas andarem na escuridão. Eles disputavam os planetas, surgindo assim uma guerra entre planetas diferentes. Após anos e anos de guerra, Nick, o filho de Centarius, rei de Nektorius, resolveu entender o motivo da briga entre os dois planetas e decidiu fazer uma visita ao planeta Xenox. Com tudo preparado, Nick se pintou com uma tinta gosmenta azulada — pois lá não poderia ser descoberto — senão a MORTE era o seu destino.

Chegando lá, Nick percebeu a escuridão do planeta, onde todos os habitantes ficavam escondidos em rochas, decidiu ir até a parte central do planeta, quando começou a sua descoberta. Nick conheceu Azya, plebeia do planeta Xenox, decidiu aproximar-se mais um pouco mais dela e começou a lhe fazer perguntas. Passavam-se os dias e, cada vez mais, os dois estavam próximos, todos os dias Azya visitava no seu "esconderijo", mas havia um grande problema: a tinta gosmenta de Nick estava se desmanchando devido à quantidade de gases no planeta Xenox e logo Azya saberia seu grande segredo. Então, decidiu lhe contar. Quando contou a Azya, ficou surpreso com o que a parceira logo após lhe revelou:

— Ora, bobinho! Já fui ao seu planeta investigar também. — Disse Azya, em tom irônico.

— O problema é que o seu planeta transforma algo em coisas boas e o meu planeta, sombrio e vazio, atrai energias ruins.

E partir dali, surgia no Universo o mal e o bem, onde ambos estavam sempre juntos mesmo que separados... e, de vez em quando, alguns habitantes do bem iam visitar o “mal” e vice-versa. Nektorius, assim, no universo, era representação do bem e Xenox, a representação do mal. Não podendo assim viverem juntos, mas sempre perto um do outro habitariam.

AUTORA

B.A.M.

Viagem ao planeta B

Há alguns anos na cidade de Paulo Afonso nasce uma criança chamada Joaquim, seus pais eram astronautas. Assim que o menino nasceu seus pais tiveram que ir a uma missão para encontrar vida em um planeta, chegando ao planeta acontece um grande acidente e o pai e mãe de Joaquim morrem.

Ao passar do tempo o garoto cresce e toma um gosto enorme pela astronomia, parecia que estava no sangue do garoto, Joaquim era muito curioso e logo perguntou a sua avó onde estava seus pais e, com a cabeça baixa, sua vó responde que eles estão trabalhando e que daqui a alguns anos voltaram para busca-lo.

Joaquim, em sua adolescência, resolveu fazer um vestibular para poder cursar astronomia, ao passar do tempo logo recebe o seu resultado, parecia não acreditar no que estava vendo, foi aprovado em primeiro lugar no vestibular. Joaquim passa a morar em outra cidade onde conheceu mais dois amigos, Galileu e Harper, que também sonhavam em ser astronautas de grande sucesso, chega no dia da sua formatura e Joaquim conhece uma garota e logo se apaixonou por ela. No começo ela não aceitava a ideia de Joaquim em ser astronautas e isso gerava muita briga entre os dois, começaram a namorar até que, um certo, dia Joaquim recebe uma proposta de emprego na Flórida para trabalhar na NASA, sua namorada cai em lágrimas, mas Joaquim não poderia levá-la e fala que com um tempo irá voltar para busca-la.

Chegando à NASA, Joaquim encontra seus dois amigos de faculdade, que o abraçam e caíram em gargalhadas ao lembrarem do passado. Passaram vários anos em treinamento e em uma terça-feira eles foram convocados para uma reunião com o diretor da NASA.A reunião tratava-se de uma missão para eles fazerem em um novo planeta encontrado chamado pela NASA de "planeta B", Joaquim fala que vai pensar sobre essa viajem, sai da sala e entra em uma sala proibida da NASA, se deparando com um jornal antigo que falava da morte dos seus pais. Seus olhos enchem de lágrimas e promete para si mesmo que vai concluir a missão que seus pais não conseguiram, logo outra reunião é marcada e Joaquim resolve ir nessa missão.

A nave parte com três tripulantes numa missão em busca de vida, quando a nave chega ao planeta uma descoberta é logo vista de cara: a presença do oxigênio. Eles tiram os capacetes e foram explorar o planeta, logo a alguns quilômetros do local onde pousaram, eles encontram um rio, fizeram as coletas e retornam à nave. Chegaram na nave e viram que algo de errado tinha acontecido e tentaram contato com a NASA, mas infelizmente não conseguiram, eles teriam que usar os elementos presentes naquele planeta para sobreviver: resolvem pescar com o cadarço de um sapato e um pedaço de arame, fizeram um anzol e conseguiram pescar e sobreviver por alguns tempos, logo a NASA consegue contato com eles e resolvem fazer outra missão para resgatar os três astronautas.

Passou um ano e meio até o resgate chegar e os dois astronautas estão à procura de Joaquim. Andando há alguns dias se deparam com uma armadilha dos ET's para devorar os astronautas, um deles praticava capoeira e conseguiu salvar o seu amigo, logo ali na frente eles encontram Joaquim e perguntaram onde estavam os outros dois astronautas, Joaquim leva a equipe de resgate para a beira de um penhasco, onde estão os astronautas e novamente são atacados por outros ET's, um dos astronautas novamente consegue jogar os ET's no penhasco e fugir para a nave.

Voltando para a Terra, todos aplaudem por terem executado as missões, Joaquim olha para multidão e avista uma mulher, que foi o amor da sua vida, olhou e viu a mesma segurado a mão de um rapaz e não acredita no que está vendo, a mulher aproxima-se e fala: "Joaquim, este é teu filho! Quando você partiu eu estava grávida e ele está aqui pedindo sua benção pela primeira vez". Joaquim chora de alegria por ver seu filho pela primeira vez, o garoto fala baixinho em seu ouvido para que o pai não o abandonasse por tanto tempo.

AUTORES

L.H.F.B.

S.Q.S.

Q.D.L.

M.P.S.

A ET DE MIAMI

Eram 19h30 quando estava para viver o dia mais louco da minha vida. Agora, caro leitor, senta aí, que você vai ler a história da minha vida.

Certo dia, tinha saído com minha namorada para assistir a um filme no cinema, que era localizado no centro da cidade de Miami, minha namorada era um pouco explosiva e, no caminho para o cinema, caminhado ao lado dela, olhei para o céu. Era uma noite estrelada linda de se assistir, quando eu enxerguei uma coisa estranha caindo do céu, eu fiquei com aquela cena na minha cabeça. A caminho do cinema tivemos uma briga feia, ela me largou eu fiquei muito triste a ponto de ir a uma praia que fica situada na costa de Miami Beach. Chegando, me sentei sobre uma pedra e comecei a pensar, muito triste olhando para o céu avistei uma nave que estava caindo, parecia vir da constelação de escorpião. Fui investigar o que tinha por perto acabei vendo um ser verde, que parecia uma mulher deitada na praia com cabelos longos. Assustado, fiz uma pergunta a ela:

— Nossa! De onde você é?

Ela respondeu:

— Sou de um planeta chamado Hallary, vim me refugiar da guerra que se estendeu no meu planeta e minha nave veio parar aqui.

— Meu nome é Martin Jensen, prazer! Mas você não me disse seu nome, como se chama?

— Meu nome é Hiria, filha da rainha Halleya.

Ao se apresentar, tinha que escondê-la dos humanos. Ao passar do tempo a gente foi se ajudando até perceber que eu tinha me apaixonado por Hiria, mas ela estava se recuperando muito rápido e ela tinha que voltar para o seu planeta. Mas o meu amor por ela só aumentava. Em certo dia ela e eu caminhávamos à noite pela praia onde a encontrei, conversávamos alegremente e vimos uma outra nave que vinha a caminho da Terra, essa nave vinha da mesma constelação que Hiria veio. Nos escondemos atrás da pedra e a nave pousou na praia. Ao abrir a porta, saiu um ser verde parecido com a Hiria. Ela olha e vê sua mãe desesperada à procura dela. As duas se encaram e correram na direção uma da outra, as duas se abraçam e Hiria disse:

— Mãe, quanto tempo não vejo você, pensei que você não viria atrás de mim.

Halleya disse:

— É claro que eu ia te procurar, filha, estou com muita saudade e quem é esse ser perto de você?

— É meu amigo, o Martin Jensen

— Hm... oi, Martin Jensen.

— Oi, Halleya. Sua filha falou muito sobre você e seus povos.

— Que bom saber.

Continuaram andando e prosseguiu o diálogo entre eles. Passaram umas horas e a rainha perguntou à filha se retornaria ao planeta com ela. Hiria ficou pensando se iria voltar com a mãe, mas que estava apaixonada por Martin e era uma decisão muito difícil. Martin, pensando que era o fim do amor por ela, porque iria voltar com a mãe para o planeta, mas Hiria decide ficar com o amor dela, Jensen. A mãe, por mais que sentisse falta, concordou com ela. Ele ficou feliz porque as esperanças dele voltaram e a rainha foi embora com a nave. Os dois ficaram juntos, mesmo ela sendo um ser extraterrestre e ele um humano. O amor não os separou.

AUTORES

A.B.T.

J.V.P.A.

V.E.M.C.

R.S.B.S.

A DESTRUIÇÃO DA GALÁXIA X

Toda essa história começa na Era em que o planeta que agora habitamos era apenas magma. Toda a galáxia X assistia à criação desse novo planeta, mas mal sabiam eles que tudo mudaria após o planeta ficar pronto.

Cada vez que ele evoluía, o equilíbrio ecológico dos planetas-irmãos mudava: o que era quente resfriou a temperaturas abaixo de zero, incapacitando a sobrevivência de várias espécies, com o passar do tempo estava próximo fim da criação desse novo planeta. Os sábios de um planeta que não sofrera ainda nenhum desastre, resolveram estudar sua composição, então, enviaram estudiosos para mostrar-lhes respostas.

Enviaram, então, seis estudiosos com capacidades especiais que em outros planetas não se encontravam, a composição atômica daquele planeta era muito maior que a de seu planeta, aquele planeta poderia ser povoado e virar colônia em caso do declínio de seu planeta, este seria a chave para salvação de seu povo, tinha o clima perfeito para adaptação de novas espécies. Resolveram, então, ficar dois estudiosos. Eles se apaixonaram pelo planeta que, até então, não tinha sua própria espécie.

Anos se passaram e o seu planeta ruiu toda a população que ali estava. Se instalaram no planeta novo deram-lhe o nome de Terra. Esse planeta se tornou o único a possuir vida em sua galáxia, se tornou o centro do seu sistema. Certa vez, uma estrela chamada Nazork explodiu, criando um enorme buraco negro, todos entraram em desespero e o planeta foi totalmente destruído acabando com toda a vida da galáxia X.

AUTORA

A.M.L.V.

A INVENÇÃO DE PEPIN

Nascido com o intelecto de gênio, Pepin construía máquinas simples antes mesmo de engatinhar. Impressionados com essas demonstrações de genialidade, seus pais, Cyd e Bit, prometeram dar um bom futuro para seu filho. Para eles, Pragh, com seus altos níveis de criminalidade e poluição, não era o lugar certo para uma criança tão extraordinária quanto Pepin. Eles trabalhavam por horas e horas nas fábricas e em condições perigosas, só para garantir ao filho um futuro de oportunidades em Wovap.

No entanto, Pepin via as coisas de outro jeito. Ele via seus pais envelhecendo bem mais rápido do que deveriam, tentando cobrir altos custos com seus pequenos salários, enquanto seus bens artesanais eram vendidos aos ricos de Wovap por lucros exorbitantes, lucros, aliás, que eles nunca veriam, graças ao corrupto e ganancioso Dr. Jayce, o prefeito da cidade.

Pepin sentia algo de ruim quando via esse prefeito, como dizia ele: "Cheiro de Lixo". Prefeito que nasceu em Wovap e veio para Pragh tentar ganhar dinheiro dos pobres trabalhadores.

Certo dia, surge a notícia de que foram mortos quatro trabalhadores nas fábricas de Pragh. Pepin se assusta e acha que aconteceu algo com seus pais, no caminho de volta à casa, ele repara que o prefeito está dentro de um carro, que não estava nas melhores situações, e o carro ia a caminho do Laboratório de Química e Física da cidade, que tinha sido destruído por causa de um experimento que não deu certo, e deixou várias pessoas com doenças e sequelas em seus corpos.

Chegando lá, Pepin via que o Prefeito estava muito bravo com alguma coisa e que estava segurando algo que parecia ser uma arma com um tubo, cheio de líquido verde. Até que, de repente, ele injeta todo o líquido verde em um homem magro e baixo. O homem começa a sentir algumas dores e percebe que está crescendo e ficando mais forte, mas não dura por muito tempo, o homem volta a ser como era antes.

O prefeito, bravo, pega a arma e joga com uma força descomunal em direção a uma parede cheia de rachaduras, que quebra depois de ser atingida. O prefeito entra no carro e sai em uma velocidade absurda. Pepin vai atrás da arma, chegando lá, ele vê um fragmento de uma gema azul esverdeada, que brilhava de energia mágica. Rapidamente, ele procurou mais e achou outros fragmentos da joia brilhante. Ele procurou incansavelmente cada pedacinho de cristal quebrado, mesmo que alguns estivessem enterrados sob toneladas de destroços, o que o obrigou a se espremer entre montes de lixo fedidos.

No entanto, antes que pudessem celebrar seu achado, o lugar ficou infestado de valentões vasculhando os destroços, tentando encontrar alguma coisa. Ele sabia que o que eles buscavam eram os pedaços de cristal, que agora estavam em suas mãos e por muito pouco não o viram antes de ele escapar.

No momento em que Pepin fugiu, um dos valentões repara um barulho estranho e o vê correndo.

O valentão foi atrás e Pepin percebeu que estava sendo seguido. Até que ele viu uma mão o puxando para dentro de um cano. Pepin tentou acertá-lo com um soco, mas para e percebe que foi puxado pelo seu melhor amigo, Asb, amigo que ele conheceu nas ruas de Pragh.

Após várias análises, Pepin notou leves traços de energias magnéticas quando cada pedacinho de cristal se aproximava uns dos outros, como se os pedaços de cristais lembrassem de como era inteiro, antes de ser destruído.

Depois de muitos testes, Pepin conseguiu juntar todos os cristais e, com algumas tralhas, ele construiu uma máquina que pode revolucionar a cidade de Pragh. A simples máquinas fazia com que ele voltasse alguns segundos no tempo. Mas Pepin nunca se importou com dinheiro, ele só queria a saber de se divertir e de ajudar seus amigos.

Certo dia, Pepin e seu amigo Asb vão até a velha torre do relógio, que ficava no coração de Pragh, e a escalaram. Perto do topo, de repente, a mão de Asb estava doendo, fazendo com que ele cedesse, escorregasse e caísse do topo da torre. Naquele mesmo instante, como já havia feito várias vezes antes, Pepin ativou o dispositivo que continha o cristal. Tudo ao seu redor se despedaçou e ele foi puxado para trás em meio a um pequeno de furacão de partículas do tempo.

Pepin se arrepiou com toda aquela energia e adrenalina, e uma tontura tomou conta da sua cabeça. Um momento depois, ele viu seu amigo, tentando alcançar a tábua, de novo ela cedeu, mas Pepin estendeu o braço e agarrou seu amigo pela roupa.

Ele contou ao seu companheiro sobre o cristal e a manipulação do tempo, pedindo para que ele nunca contasse a ninguém. Eles exploraram cada vez mais o cristal e passaram a fazer desafios uns aos outros, fazendo várias coisas arriscadas. Com várias tentativas e vários erros, o dispositivo ao qual ele deu o nome de Ophal-X, estava ficando cada vez mais estável. O único problema era que Pepin ficava muito cansado quando usava diversas vezes o dispositivo.

Após muito rumores e histórias sobre os truques temporais de Pepin, chegou ao ouvido de certas pessoas poderosas na cidade de Pragh Caleb, um cientista muito respeitado — e temido —, criou um grande interesse em um encontro com o esse gênio. Então, recrutou vários capangas, dotados de poderosos aprimoramentos, para roubarem o dispositivo do garoto. Enquanto isso, o famoso inovador de Wovap, Dustin, estava ansioso para conhecer o rapaz por trás e analisar a sua tecnologia. No entanto, Pepin valorizava demais sua independência e não desejava fazer parte dos planos de ninguém.

AUTOR

T.F.A.F.

O LADO OBSCURO DO ESPELHO

Todos têm seu lado obscuro, às vezes só temos que os libertar.

Minha história de vida começou em um dia normal como outro. Eu estava andando em uma rua movimentada, sem rumo, até que um menino alto esbarra com força no meu ombro, quase me fazendo cair para trás. Olhei rápido para xingá-lo, mas ele já tinha desaparecido em meio à multidão. Então, foi quando eu vi do outro lado da rua uma pequena loja peculiar espremida entre dois prédios, passando despercebida entre todos. Não sei por que quis entrar, mas entrei e isso com certeza mudou a minha vida.

A loja parece muito maior por dentro, cheia de espelhos, livros e pouca iluminação.

— Olá! Como posso te ajudar?

— Ah.... estou procurando um livro.

— Tem alguma sugestão?

— Talvez um de fantasia.

— Tenho um perfeito para você. Venha comigo.

Passamos por várias prateleiras de livros, há espelhos de todos os tamanhos espalhados pela biblioteca. Além disso o lugar está cheio de poeira. Essa senhora não deve receber muitas visitas.

— Deve estar por aqui.

— O livro?

— Sim, sim. Espero que goste, eu mesma que escrevi.

— A senhora?

— Espero que goste, foi meu primeiro e único livro, ele te levará onde você nunca pensou em ir.

— Venha, aquele lugar e ótimo.

Sento-me na poltrona e há três grandes espelhos em minha frente.

— Aqui, tome um chá.

— Não obri...

— Não vai negar uma xícara de chá feito por uma pobre senhora de cabelos grisalhos.

— Tudo bem, obrigada.

O MUNDO

Em um mundo diferente do nosso, havia os Pongs, criaturas de cor azul e amarelo que não passavam de um metro de altura. Essas criaturas eram pacíficas e sempre semeavam a harmonia e amor, todos se consideravam irmãos, a dor e discórdia não existiam.

Os Pongs tinham uma rainha, uma jovem Infinety de 17 anos, com lindos cabelos prateados. Cler era o seu nome, ela continha a capacidade de controlar dois granes poderes: o tempo e as estrelas. Com esses poderes ela trazia paz entre os mundos. Porém cinco dias antes do seu décimo oitavo aniversário, Cler adoeceu e com isso os Pongs começaram a experimentar novos sentimentos. O tempo passava e a Infinity só piorava, assim como seu mundo. Os Pongs não sabiam o que fazer. Um dia Cler fechou os olhos e caiu em um profundo sono, que permanece até hoje.

AS GRAÇAS

O céu nunca teve uma combinação de nuvens tão linda, a grama que estou deitada tem o verde mais vivo que já vi. O ar daqui tem um aroma doce, parece até o paraíso. Apoio as minhas costas na árvore atrás de mim, para poder respirar melhor. Parece que dormi por três dias.

— Onde estou? Estava tudo escuro um tempo atrás, isso não é normal.

— E o que é normal para você?

Viro rápido para o lado e vejo um grande coelho verde claro.

— Você falou? Acho que estou ficando doida.

— Você não parece doida.

Nessa hora o coelho desaparece e reaparece sentado no outro lado da árvore, com forma humana.

— Meu Deus, eu enlouqueci!

— Você é mesmo estranha. — Fala o rapaz, abrindo um grande sorriso.

— Quem é você?

— Eu que fiz essa pergunta primeiro, mas como sou educado eu respondo primeiro.

Ele se vira para mim, dando um sorriso fechado.

– Chamo-me Calebe e você?

— SofíMirror.

— Nome bonito Sofí. – Ele levanta e me estende a mão. – Venha, já está na hora.

— Hora de quê?

— Estamos na época das graças.

— Das graças? – Falo pegando na mão dele para me levantar.

— Essa é a época em que várias criaturas podem dar saltos para novos mundos, assim como você deu.

— Nem sei como vim parar aqui.

— É.... as vezes isso acontece. Mas venha, você não vai querer perder.

Subimos um pouco uma pequena colina. E, quando olho para o céu, lá está: BUM! Uma grande explosão acontece no céu, fazendo o dia virar noite em um piscar de olhos.

— Aquilo são meteoros?

— Sim, isso não é incrível?!

— Não!! E se atingir a gente?

— Não atingirá. Os globes podem controlar várias coisas, sabia?

— Sério?

— Sim, a gravidade, as estrelas e o tempo. A infinity que é dona do poder. Ela caiu em um sono profundo, sabe? Ei, quer ver outra coisa?

— Claro, por que não?

— Puxe esse troço atrás da pedra.

Fiz o que ele me pediu, mas nada acontece.

— O que era para acontecer?

— SHIII... Você vai ver.

Então, no fundo do lago que tinha ali perto começou a projetar algo, como uma imagem.

— É assim que nascem as estrelas, controlamos os berçários delas e as monitoramos de perto, através do lago, mas isso é temporal, é só até a rainha acordar.

— É lindo! — Falo, encantada.

— Sim, mas tenho que ir, tem uma guerra chegando.

— Guerra?

— Sim, melhor se proteger.

— Posso ir com você?

Chegamos a uma aldeia, todos têm arma ou coisa parecida.

— Olá, bela jovem.

— Oi,

Uma criatura pequena fala comigo.

— Eu acho que vai começar, uma nova fase na sua vida.

Vamos parar o tempo e você virará uma Pong.

O pequeno Pong parou totalmente o tempo e eu vivi cada dia naquele lugar aprendendo uma coisa nova.

E, quando finalmente chegou a guerra, estavam todos preparados. Chegou a hora. Eu tenho pequenos objetos que me lembra um espelho, causa mais de mil cortes na pele.

E a guerra começou, um bando de pequenas criaturas vêm correndo em nossa direção. E comecei a matar, arranquei um coração e outros vários órgãos. A Sofí que chegou aqui não existe mais. Conseguimos ganhar.

— Hora de ir para casa, fala a pequena criatura.

— Parece que sim.

— Que fique marcado que 10 de fevereiro ganhamos a guerra.

— O quê? Eu passei seis meses aqui? Meu pai vai me matar.

— Sofí, não se preocupe, um dia aqui equivale a um ano lá. Tome isso para se lembrar de nós, é uma pequena estrela acabou de ser tirada do berçário.

— Que linda!

— Será que a Infinity acordou? Na carta fala que depois da guerra ela iria acordar.

Então, de repente, tudo fica escuro de novo e quando acordo estou em um sofá. Procuro o livro para ler o final da história, mas não o encontro. Saio correndo passando entre as estantes de livros e os muitos espelhos à procura da velhinha de cabelos grisalhos para saber o final da história.

— Senhora?

— Sim, querida.

— O que aconteceu com o final? A Cler acordou?

— Mas é claro! E viveu plenamente.

AUTORAS

A.C.L.R.

I.N.

Hora do lançamento

Falta uma hora para o lançamento, minhas mãos suavam, minha cabeça só pensava em uma coisa: minha filha, que está olhando para mim dentro dessa máquina gigante de ferro, que era chamado de foguete. Faltavam poucos minutos para o lançamento, se não fosse pela insistência da minha filha e do meu companheiro de equipe, que é meu melhor amigo, não estaria aqui agora. Do nada surgiu uma voz dizendo "contagem regressiva para o lançamento... 10, 9, 8, 7, 6, 5, 4, 3, 2, 1".

Bom, vou contar um pouco da minha história Começa assim, meu nome é Charlie Spencer Chaplin, você deve estar pensando "que nome estranho esse", e era em homenagem a meu avô, Charles Chaplin, uma pessoa boa e honesta. Nasci em 5 de agosto de 1930. Em 1959 uma coisa boa aconteceu, minha filha nasceu, era a coisa mais linda que eu já tinha visto.

Quando ela completou cinco anos, dois homens bateram na minha porta: um vestido de terno preto e o outro era só o meu melhor amigo, Neto Silva, mais conhecido como Netinho. Esse homem de terno preto veio fazer uma proposta, essa proposta era de uma viagem de quase 3 meses, perguntei para ele que lugar ia ser a viagem e ele me respondeu que era para a Lua. Na hora comecei a rir, achava que era uma brincadeira, mas quando olhei o rosto deles, percebi que estavam falando sério e perguntei como íamos chegar lá, o homem de terno preto falou que seria através de seu foguete, perguntei para ele o que era um foguete. E ele me respondeu que um foguete espacial é uma máquina que se desloca expelindo atrás de si um fluxo de gás em alta velocidade. Por conservação da quantidade de movimento (massa multiplicada por velocidade), o foguete desloca-se no sentido contrário com velocidade tal que, multiplica pela massa do foguete, o valor dá quantidade de movimento é igual ao dos gases expelidos.

No começo um não estava acreditando, ainda achava que era só uma brincadeira, mas quando estava escutando o rádio, ouvi o locutor dizendo que cientistas estavam realizando uma viagem para Lua, ainda não estava acreditando e o locutor chamou um homem para falar sobre essa viagem! Percebi que era a mesma voz do homem de preto que estava na minha casa, dois dias se passaram e todo mundo do meu trabalho estava falando nessa viagem e, do nada, surgiu aquele homem de terno preto, perguntei se ele não tirava essa roupa, ele me respondeu que sim, esse já era outro, que aquele era azul escuro. Perguntei o que ele estava fazendo aqui e ele disse que tinha vindo fazer uma outra proposta se eu fosse a essa viagem, não quis nem saber, falei que isso e tudo não passava de uma brincadeira.

No dia seguinte, estava com minha filha no meu colo olhando as estrelas, a porta da frente bate, era o Homem de preto com o Netinho, minha esposa abre a porta e os manda entrar, foram até o jardim falaram comigo sobre a mesma proposta. Minha filha Elen escutou tudo e insistiu muito para eu ir. Netinho, olhando para mim, disse "se você não for comigo, eu vou sozinho" nessa hora perguntei quando ia ser o lançamento e ele me disse que seria depois de preparação, aceitei fazer essa viagem, mas na intenção que fosse uma brincadeira.

Chegando no dia do treinamento, vários homens armados vieram nos buscar, o treinamento estava muito fácil e, com a ajuda do meu amigo, ficou mais fácil ainda terminamos o treinamento.

Voltamos para casa e, chegando lá, a coisa que mais queria era dar um abraço na minha filha, pois nesses cinco meses que se passaram, só pensava nela.

Faltando três horas para lançamento, não desgrudava da minha filha, entrando no foguete, meu amigo me perguntou se ainda acreditava que era brincadeira, respondi que não, não achava que era mais uma brincadeira.

O foguete foi lançado com sucesso, passamos por várias turbulências, pensei que fosse morrer. Chegando na Lua, me deparei com a vista que tinha do Universo! Era tão lindo! Quando olhei para Terra vi aquela bola enorme flutuante, pegamos várias amostras para os cientistas estudarem sobre a Lua e voltamos para casa como se fôssemos heróis.

AUTOR

F.M.

APENAS UM CONHECIMENTO

Paulo é um estudante, um jovem muito promissor, estuda um pouco de tudo, mas principalmente física. No momento, Paulo está estudando um assunto chamado "Tipos de energia", onde ele aprende quais são os tipos de energia existentes. Certa noite, ao chegar em casa, o celular de Paulo tocou e, por coincidência, era seu amigo Guto, um amigo de infância.

Guto: Boa noite, Paulo.

Paulo: Boa, olá Guto, quanto tempo...

Guto: Pois é, velho amigo. O que está fazendo hoje?

Paulo: Para sua sorte acabei de chegar, por quê?

Guto: Ótimo, pensei em te chamar para sair com uma galera hoje, comer uma pizza ou algo do tipo, topa!?

Paulo: Pode ser, vou me arrumar, chego às 20h.

Guto: Combinado, até mais tarde!!!

Empolgado com o convite Paulo se arruma, mas depois pensa seriamente se seria uma boa ideia ele ir, pois ele tinha que estudar e Paulo sempre foi um bom aluno. Mas logo decide ir e todos se encontram em uma pizzaria...

Mari: Oi, pessoal.

Guto: Oi, Mari.

Sérgio: Oi.

Paulo: Olá, boa noite.

Mari: Pessoal, gostaria de apresentar minha amiga, Ariele, espero que não se importem...

Paulo: Jamais, será um prazer, até porque me sinto bem em conhecer novas pessoas.

Ariele fica encantada com o que Paulo fala e por ele ter sido bastante educado; sentaram à mesa e pediram a pizza. Paulo e Ariele tiveram uma afinidade inesperada, pois com pouco tempo de conversa já parecia que eles se conheciam há anos e resolveram sair juntos. Foram a um parque de diversões, chegando lá Paulo só conseguia pensar sobre o assunto de física que ele estava estudando no momento.

Por sua vez, Ariele não estava muito à vontade naquele parque, pois tinha medo, mas ainda sim estava a fim de conhecer mais sobre Paulo. Mas logo Paulo percebeu o nervosismo de Ariele e perguntou se ela estava achando ruim por esta ali e ela, mesmo nervosa, disse que não... Paulo, um garoto muito entendedor, resolveu explicar a Ariele sobre a montanha russa e a convidou a conhecê-la mais de perto, ela pensou duas vezes e acabou aceitando o convite para andar no brinquedo com Paulo, depois que saíram resolveram tomar um sorvete e ele começou a explicar como funcionava, mas antes resolveu conhece-la mais um pouco...

Paulo: Você gosta de fazer o que, Ariele?

Ariele: Aaah, um pouco de tudo, mas, principalmente, gosto de conhecer algo novo e convidativo.

Paulo: Nossa, mas você gosta de estudar sobre física??

Ariele: Sim, gosto, mas tenho um pouco de dificuldade em interpretar, mas nada que umas boas aulas não resolvam, não é mesmo?!

Paulo: Mas é claro! E o que você gosta de estudar?

Ariele: Gosto de estudar química, tudo em relação à química me encanta.

Paulo: Química também é uma ótima matéria, mas tem suas complicações.

Ariele: Realmente tem...

Paulo: Olha, deixe-me explicar um pouco sobre a física, é simples, mas precisa de atenção. Você sabia que a classificação de energia está ligada à física?

Ariele: Como assim?

Paulo: Vou explicar melhor, aquela montanha russa que estávamos, quando o carrinho está em cima daquele topo ele está com energia potencial e, quando desce, se transforma em energia cinética e vice e versa, assim, também são classificadas com outra energia, que é a mecânica. A energia potencial é relacionada ao armazenamento, junto à cinética, que é relacionada a um movimento de um corpo, chamada energia mecânica.

Ariele: Ah, entendi um pouco mais.

Paulo: O legal é que nenhum tipo de energia se perde, apenas se transforma

Ariele: agora que falou um pouco sobre a física, vou falar um pouco mais sobre a química. Bom vou começar te falando sobre um pouco sobre a ligação química.

Paulo: Ok, pode falar.

Ariele: Vou começar com a ligação covalente, que é formada por átomos unidos, ou seja, um compartimento de um ou mais pares de elétrons de camada de valência dos átomos envolvidos.

Paulo: Funciona de que maneira?

Mesmo já sabendo sobre o assunto, Paulo pergunta e a deixa concluir sobre o assunto.

Ariele: É simples e bem fácil de ser compreendido. Os elétrons compartilhados são atraídos pelos núcleos dos dois átomos participantes da ligação. A força de atração é que os mantém unidos.

A conversa foi se prolongando casa vez mais e eles foram se conhecendo mais e mais e, se por um momento eram desconhecidos, agora já pareciam ter se conhecido há muito tempo; entre eles surgiu um clima e o momento estava agradável para aquele beijo esperado a noite toda. Paulo e Ariele em pouco mais de 1 semana já estavam namorando, fazendo suas descobertas, estudos e vivendo cada momento com muita experiência. E o que parecia impossível tinha se tornado possível.

As relações precisam de um pouco mais de diálogo e conhecimento sobre assuntos curiosos para tornar o conhecimento mais interessante, às vezes pessoas deixam passar oportunidades incríveis por pensamentos e coisas bobas que, no final, fazem surgir um grande arrependimento de ter conhecido uma pessoa bem legal. Não deixe que esse tipo de coisa influencie seus pensamentos sobre o próximo, permita-se conhecer o novo e seja feliz.

AUTORAS

L.M.S.S.

M.L.F.S.

J.A.V.

Guerra Além do Tempo

Prisão Drapchi, No Tibet, China. 24 de outubro, 2049.

Acordei preso numa cela, não sabia o que estava acontecendo, só conseguia ouvir passos. 3 pessoas. Pareciam usar roupas pesadas, faziam muito barulho. Eram 3 guardas, orientais. Continuava sem entender, até que um deles deu um chute no lado direito do meu rosto e o outro, por incrível que pareça, falou algo que eu entendi.

– Então, já resolveu falar ou vai continuar com o lance do Charlie Chaplin?

Um dos guardas tinha uma arma, algo que nunca tinha visto antes, igual suas roupas, parecia que estava num filme ou algo do gênero. Outro guarda me acerta um soco e com isso fico tonto, vejo vultos e escuto vozes, tudo estava muito confuso e eu, irritado, pergunto:

– Onde diabos eu estou?

A pergunta não funcionou muito bem, única resposta que ganhei foi uma pancada e desmaiei.

Nova Iorque, Estados Unidos da América. 24 de outubro, 2017.

Sou um "veterano de guerra", porém, não sou tão velho assim. Meu nome é Ryan Tittor, acabei de sair do meu trabalho, sou psicólogo, sei que não tem a ver com combate, mas era isso que eu queria. Continuar ajudando pessoas, só que de outra forma. Meu celular toca, um número desconhecido, mas mesmo assim atendo.

– Alô?

– Sr. Tittor, ande em frente, vire a segunda esquina à esquerda e entre no carro, "g433n lıght".

Logo que terminou de falar a ligação foi encerrada e eu fiquei uns segundos em choque pensado se era realmente verdade ou simplesmente uma armadilha. Mas com aquele código...

Fiz como me foi ordenado e lá estava um carro à minha espera.

Prisão Drapchi, No Tibet, China. 24 de outubro, 2049

Acordei numa cela, estava preso em algo que não entendia, era um certo tipo de energia me segurando, era avançado. Não estava entendendo nada, minhas memorias estão muito fracas sobre que pode ter acontecido, do porquê de eu estar aqui. Eu só podia esperar, estava cansado, fraco, machucado e sentindo dores fortes na perna e na cabeça. Comecei a ouvir passos novamente. 1 pessoa. Ela parou em frente à minha cela e disse:

– Sr. Tittor?

– Acho que si... — uma tosse interrompe minha frase, estava muito exausto.

– Excelente, estava à procura do senhor, tem que sair daqui o mais rápido possível e voltar para consertar seu erro.

Fico sem entender e pergunto:

– Mas que erro?

– A fenda no tempo que o senhor criou, a guerra, tudo. Estamos no ano 2049, em uma prisão na China, Sr. Tittor, e estou aqui para lhe ajudar a sair dessa cela e usar uma máquina semelhante a que usou em Washington e está aqui, nessa prisão.

Nova Iorque, 24 de outubro, 2017

Quando entrei no carro fui dopado, se eu estou certo do local que vão me levar, essa viagem teria umas 4 horas. Acordei com uma venda nos olhos, descemos do carro e entramos num lugar barulhento, eram muitas vozes e eu não entendia nada, ouvia pessoas falando de elementos, do que precisava para deixar o projeto mais rápido e mais nada. Até que, tiraram a minha venda e eu estava numa sala, 3 pessoas à minha frente. Duas pessoas que, a julgar pelas suas roupas, eram cientistas e a outra pessoa era o presidente.

Prisão Drapchi, No Tibet, China. 24 de outubro, 2049

Ainda na cela, perguntei à pessoa seu nome ou do que poderia chamar. Ela respondeu com sua voz robótica "Hope". Saí da cela com a ajuda de Hope, não dava para identificar se era uma mulher ou homem, o efeito na voz não deixava essa percepção. Continuamos andando, eu mal conseguia ficar em pé e fiquei pensando se algum guarda iria aparecer, o que eu poderia fazer se isso acontecesse. Hope interrompe meu pensamento e começa a falar:

– Estamos camuflados como camaleões, você só precisa ficar quieto.

Hope estava sussurrando, dois guardas apareceram no corredor que nós estávamos, eram de estatura mediana, Hope me empurrou na parede e fez o mesmo para nada tocar os guardas. Parecíamos estar invisíveis, eles apenas passaram sem problemas. Continuamos a andar e achamos um tipo de escada rolante, só que a descida demorou uns 5 segundos e parecia que tínhamos decido uns 100 metros. Fiquei tonto e chegamos a uma porta.

Lugar desconhecido, 24 de outubro, 2017

Já tinha feito outros trabalhos para o governo, desde JFK. Já tinha em mente que era outro trabalho e falei:

– Então, qual o trabalho, senhor?

– Algo muito mais complexo, mas, resumidamente, você irá voltar no tempo e impedir que a Coréia do Norte consiga as bombas de hidrogênio. – Disse o presidente com a maior calma do mundo.

Um dos cientistas completou:

– Você já assistiu algo como Dragon Ball? X-Men? Então, vai ser um teletransporte, só que pelo tempo. Essa máquina na sua frente é capaz de acelerar a velocidade que cada átomo seu se move e criar fendas no tempo para viajar por ele. Como um computador, quando você excede o tanto de processos que ele pode fazer, ele trava. Você vai fazer o mesmo com tempo, só que criar um atalho. Outro exemplo, imagine uma curva em U, imagine que para a terminar vai demorar anos e com esse atalho você vai de uma ponta a outra em segundos. É isso que essa máquina consegue fazer.

Prisão Drapchi, No Tibet, China. 24 de outubro, 2049

Entramos na sala e tinha uma máquina, uma cadeira com vários cabos e coisas.

– Bom, o plano é o seguinte, você volta em 2017 e impede que a viagem aconteça, destrua a máquina, você tem que evitar que tudo isso aconteça. – Disse Hope.

Eu fui em direção à cadeira, como já disse, era uma cadeira com vários cabos e coisas, e essas coisas pareciam armas, apontadas diretamente para mim, coisas conectadas ao meu braço.

– Vou te mandar o mais próximo possível da máquina ou de você mesmo. Se não for perto o bastante, você vai ter que se virar, não consigo te mandar exatamente na mesma sala, mas pelo menos um pouco próximo. Apenas tenha cuidado e não faça merda. É em Washington, DC. No subterrâneo da casa branca.

Washington, DC, subterrâneo da Casa Branca. 24 de outubro, 2017

– Bom, Sr. Tittor, tem alguns minutos para pensar. Ah, 15 minutos para ser exato. Quando a gente voltar, esperamos uma resposta positiva e aí começamos a dissertar sobre o plano. – Disse o presidente.

Eu não esbocei nenhuma reação, não estava entendendo aquilo, não sabia se era uma piada ou se era algo realmente sério. Todas as vezes que me chamaram era algo sério, eu não sei o que dizer, fiquei calado durante uns 15 segundos e disse:

– Sei que só me chama quando é algo sério, mas, isso está muito difícil de acreditar, senhor.

– Acredite, isso é sério, mais sério do que qualquer outra emergência anterior. Mas tenha na sua cabeça que não temos 100% de certeza nisso e que, por outro lado, vai estar ajudando e não salvando o mundo. Mas agora descanse um pouco, pense sobre sua decisão, você tem seus 15 minutos de lucidez. – Dessa vez quem falou foi um dos cientistas, que logo se retirou da sala junto ao outro cientista e o presidente.

Prisão Drapchi, No Tibet, China. 24 de outubro, 2049

Hope estava apertando botões, digitando coisas, conectando coisas na minha cabeça. Eu só estava pensava em como o mundo poderia estar uma merda e também o que eu vou fazer quando chegar lá. Interrompendo meus pensamentos, Hope começou a falar:

– Bom, você deve levar esse "mini-PEM". Um mini pulso eletromagnético é o suficiente para você neutralizar a máquina e depois destruí-la com esse explosivo. E um pequeno sacrifício: quando o seu "eu" do passado não estiver olhando, mate-o.

– Me matar?! – Perguntei, muito espantado.

Eu fiquei totalmente nervoso, queria entender o porquê do "pequeno sacrifício". Eu tentei me soltar da cadeira, já estava muito bem preso. Eu só podia pesar o que iria fazer depois, ou antes, no caso. Tentei manter a calma e perguntei:

– Quanto tempo vou ter lá?

– No máximo uns 7 minutos, seja rápido, convença a si mesmo a destruir a máquina. Você vai salvar esse planeta da guerra nuclear que sua missão causou.

Washington, DC, subterrâneo da Casa Branca. 24 de outubro, 2017

Depois de tanta informação, uns dois minutos sozinho na sala, um dos cientistas voltou e falou comigo:

– Você foi chamado dessa vez por que o seu DNA combina 70% com o nosso soro. A maioria das pessoas só tiveram 20% de compatibilidade e, provavelmente, morreriam. Mas você pode aguentar a viagem. Esse soro deixa cada molécula do seu corpo mais resistente, capaz de aguentar os efeitos do teletransporte e você é o único que consegue. Então, pense bem, você é o único capaz de acabar com a guerra que está por vir.

Ele logo saiu, eu não tinha nada a perder, só tinha que esperar alguns minutos, mas, mesmo assim, não estava acreditando. Um pouco depois, atrás da porta que levava até a sala que eu estava, apareceu um clarão muito forte. Não emitiu som, apenas luz, não sabia o que era, apenas fiquei em silêncio e esperei.

Prisão Drapchi, No Tibet, China. 24 de outubro, 2049

Eu estava com o "mini-PEM", o explosivo nos bolsos e uma arma de fogo, que eu só sabia puxar o gatilho. Eu não estava preparado para usar aquelas coisas, mas estava preparado para executar a missão. Hope ainda me disse umas coisas:

– O PEM e o explosivo é só conectar na máquina e apertar o botão no meio. Essa arma é simples, igual as da sua época. Boa sorte e não temos o soro, por isso você vai sentir muita dor e não vai durar lá. – Finalizou Hope e acenou com a mão.

Depois disso, eu só lembro de um clarão muito forte e uma dor, uma dor horrível, como se estivesse me despedaçando por completo.

Washington, DC, subterrâneo da Casa Branca. 24 de outubro, 2017

Depois de alguns segundos, eu me aproximei da porta, tentei escutar alguma coisa do outro lado. Uma pessoa respirando. Eu abria porta com cautela e vi a pessoa no chão. Parecia estar machucada, parecia estar exausta. Era um homem, barbudo. Me aproximei rapidamente e levantei sua cabeça. Eu fiquei espantado com o quão semelhante era seu rosto do meu, mas ignorei isso e logo perguntei:

– O senhor está bem? O que aconteceu? Por que está no chão?

– Cara, não temos tempo, sorte que nos encontramos tão rápido. Você precisa fazer exatamente o que eu falar. Pegue os dois dispositivos nos meus bolsos, um é um PEM e o outro um explosivo, use-os na máquina agora!

– Mas por quê? Se eu fizer isso, irei impedir uma guerra, trarei paz, por que iria querer impedir isso?

– Você só vai encurtar o tempo para uma acontecer, ao invés de trazer paz, vai trazer o verdadeiro caos!

Não conseguia acreditar nas palavras dele, como ele poderia saber, ele é um dos videntes do fim do mundo que vemos todos os dias? Acho que ele percebeu que eu não estava acreditando em nada e voltou a falar.

– Ryan, eu sou você no futuro, eu sei disso tudo porque eu já vivi essa merda! Agora, pega o PEM e o explosivo e usa na máquina!

Eu simplesmente travei diante desse discurso, eu não sei se acreditava ou não, porém, eu estava prestes a usar uma "máquina do tempo". Se for realmente verdade, quando eu destruir a máquina, ele simplesmente some, desaparece. Tinham se passado alguns segundos, pareciam horas pensando no que fazer.

O Sr. Tittor do passado então, depois de tanto pensar, pegou os dois dispositivos, se levantou, andou lentamente até a máquina, ainda confuso, ligou o PEM e depois ativou o explosivo. Depois, sentiu uma dor na sua cabeça, passou a mão levemente e sentiu sangue. O Sr. Tittor do futuro, cumpriu o que lhe foi ordenado, logo, ele começou a desaparecer lentamente. Nada daquilo aconteceu realmente, um grande paradoxo. Mas, quem está contando a história?

No futuro que o Sr. Tittor construiu, ele sim conseguiu evitar as bombas da Coréia do Norte, mas isso só abriu oportunidades para outros países e levou à morte de milhões de pessoas. Homens, mulheres e crianças. O Sr. Tittor foi parar em 2049 porque depois dele impedir as bombas houve um erro na máquina, ele foi mandado ao futuro, com quase todas as suas memórias apagadas e foi preso na China como terrorista.

Fui chamado de Hope, um dos viajantes do tempo que ajudou Tittor a salvar esse planeta de um futuro sem esperança.

AUTORES

D.A.S.

A.P.

G.M.

K.A.

K.E.

ALGO QUE DEVE SER VISTO 2

Eu quero ser astronauta e astronauta
Um dia eu vou ser, pois astronauta vai
Até a Lua para dela nunca esquecer.

A física ajuda, a matemática desenrola
A química mistura tudo, nos dando uma
Exata fórmula.

Fórmula essa, que essas matérias
Vão me ajudar a lembrar, que qualquer
Pessoa pode chegar à Lua, se nela
Se interessar.

Mas como vou a Lua, se de carro não chega lá?
Eu tenho de esperar um pouco para minha nave,
Poder montar.

vou demorar uns dias para que na Lua,
eu possa pousar, mas o livro de física
vai junto para que lá qualquer dúvida
eu possa tirar.

AUTORAS

G.E.L.

N.F.

W.F.S.